CHONGWENGUAN

读古人书　友天下士

百余年前，崇文书局于武昌正觉寺开馆刻书，成晚清四大书局之一。所刻经籍，镌工精雅，数量众多，流布甚广，影响巨大。为赓续前贤，昌明国学，弘扬文化，本社现致力于传统典籍的出版。既专事文献整理，效力学术，亦重文化普及，面向大众。或经学，或史论，或诸子，或诗词，各成系列，统一标识，名之为"崇文馆"。

崇文馆

中国古典诗词校注评丛书

李煜全集 【汇校汇注汇评】

张玖青　编著

长江出版传媒 | 崇文书局

中国古典诗词校注评丛书
编撰委员会

序　言

　　李煜，原名李从嘉，字重光。依"日以煜之昼，月以煜之夜"之意改名李煜。南唐元宗李璟第六子。由于李璟次子到第五子均早死，故李煜长兄李弘冀为皇太子时，李煜为事实上的次子。长兄弘冀"为人猜忌严刻"，时为安定公的李煜惧怕弘冀猜忌，不敢参与政事。此间，李煜号称"钟隐"、"钟峰隐者"、"莲峰居士"，表明自己志在山水，更为明示自己无意争位。日常靡华豪奢，《五国故事》记载"尝于宫中以销金红罗幕其壁，以白银钉、玳瑁押之，又以绿钿刷隔眼，糊以红罗，种梅花于其外"。

　　李煜本与王位无缘。公元959年，李弘冀杀死其叔父李景遂（李璟即位初曾表示要位终及弟），不久后暴卒。李弘冀死后，李璟封李煜为吴王、尚书令、知政事，令其住在东宫。宋建隆二年（961），李璟迁都南昌，立李煜为太子监国，令其留在金陵。六月，李璟死，李煜在金陵登基即位。

　　清代袁枚《随园诗话补遗》引郭麐《南唐杂咏》云："作个才子真绝代，可怜薄命作君王。"对李煜身为君王的评论，有人予以同情，有人则指责他荒淫酒色、自亡其国。

　　欧阳修《新五代史》称赞李煜"天资纯孝"。陆游《南唐书》则赞其对弟兄"素友爱"。中主李璟本未打算立李煜，但补而继位的李煜却"事元宗尽子道，居丧哀毁，杖而后起"。马令《南唐书》及《新五代史》等记载：七弟从善曾与大臣钟谟在李璟面前诬李煜"器轻志放，无人君之度"，"元宗殂，未御梓宫，从善辄从徐游求遗诏，游

1

厉色拒之。至金陵，具以事闻，后主素友爱，略不以介意。愈加辑睦，进封韩王"。后李从善出使宋朝，被宋太祖扣为人质，李煜数次手疏求从善还国，但宋太祖皆不许，"后主愈悲思，每凭高北望，泣下沾襟，左右不敢仰视"，并作《却登高文》，内有"怆家难之如毁，萦离绪之郁陶。陟彼冈兮跂予足，望复关兮睎予目"之句。另有《谢新恩》等词怀念从善。

旧臣徐铉撰《吴王陇西公墓志铭》称李煜"以世嫡嗣服，以古道驭民，钦若彝伦，率循先志。奉蒸尝、恭色养，必以孝；事耇老、宾大臣，必以礼。居处服御必以节，言动施舍必以时。至于荷全济之恩，谨藩国之度，勤修九贡，府无虚月，祗奉百役，知无不为。十五年间，天眷弥渥。然而果于自信，怠于周防。西邻起衅，南箕构祸。投杼致慈亲之惑，乞火无里妇之辞。始劳因垒之师，终后涂山之会"。这是表彰李煜能施周公仁政，以王道治国，以孔子纲常道德处世，始终如一从不背离。王夫之《读通鉴论》也称赞李璟父子"无殃兆民，绝彝伦淫虐之巨慝。……生聚完，文教兴，犹然彼都人士之余风也"。李煜力挽国势，实施"善政"，所以南唐国才在宋朝已经建立之后，仍能以金陵（南京）为都城，维持十五年之久。

李煜礼敬功臣。何敬洙军功累累，被授予"右卫上将军"之衔，封芮国公，"致仕，给全俸，第门列戟"。陆游《南唐书》记载，何敬洙去世时，"废朝三日，命枢密使中书侍郎朱巩持节，册赠鄂州大都督左卫上将军，谥威烈"。李煜下令废朝三日，以示哀悼。李煜对有罪责的臣子宽宏平和。比如，对在淮南战事中弃扬州化装逃跑的冯延鲁，李煜也重新给予礼遇，"尝宴内殿，后主亲酌酒赐之，饮固不尽，咏诗及索琴自鼓以侑之"（见陆游《南唐书·冯延鲁传》）。在南唐朝臣新旧交替之际，给予老臣足够的尊重，稳定了统治，安定了人心。

李煜奖惩分明，教令宽松。马令《南唐书》记载，李煜"大赦境内","罢诸路屯田使,委所属令佐与常赋俱征","郡屯田归州县,委所属宰簿与常赋俱征。随所租入十分锡一,谓之'率分',以为禄廪,诸朱胶牙税亦然。由是公无遗利,而屯田佃民绝公吏之挠刻,获安业焉"。这种打击贪官、减免赋税的政策,使南唐"公无遗利,而屯田佃民绝公吏之扰,刻获安业焉"。(见龙衮《江南野史》卷三)

史虚白的《钓矶立谈》称后主"天性喜学问,……其论国事,每以富民为务,好生戒杀本其天性"。陆游《南唐书》亦载:"论决死刑,多从末减,有司固争,乃得少正,犹垂泣而后许之。常猎于青山,还如大理寺亲录系囚,多所原释。"身为国君,直接问刑狱,甚至亲自去监狱释放在押囚犯的做法,招来大臣非议。"中书侍郎韩熙载奏,狱讼有司之事,囚圄非车驾所宜临幸,请罚内库钱三百万以资国用",这则史料足以证明李煜施周公之政。史料载,李煜怒杀了潘佑并监禁了附议潘佑的李平后,很快查明潘佑忠心,即刻痛恨不已,于是不但厚抚其家,而且语及潘佑之事往往停食投馈,并作感伤之文。

李煜善用人才。毕沅《续资治通鉴》卷五记载,李煜立小周后时,"燕群臣,韩熙载等皆赋诗以风,南唐主亦不之谴也"。不仅如此,李煜还称赞韩熙载能尽忠直言,甚至还打算任用韩熙载为相。李煜还纷纷起用许多流落到南唐的人才。闽将林仁肇历任南唐镇南军节度使、宁国军节度使、南都留守及南昌尹等职。还重用皇甫赟之子皇甫继勋,官至神武统军都指挥使,担负了守护金陵的重任。张洎以及徐铉、徐锴兄弟等学识广博之人,皆为李煜所重用。在革除党争方面,李煜为政时一手扶北一手扶南,相互牵制。善于纳谏稳定朝纲,李煜为抑制相权设立澄心堂。到后主后期,澄心堂已经成为南唐统治中枢。

李煜面对强宋,也并非一味示弱,实际上也作了一些积极的准备,"外示畏服,修藩臣之礼,而内实缮甲募兵,潜为备战"(见脱脱

《宋史》卷四七八）。但奸臣误国，李煜对形势的判断或有不确。《续资治通鉴》开宝八年五月记载："是月，国主自出巡城，见宋师列栅城外，旌旗满野，知为左右所蔽，始惊惧。"但也有学者不认同此说，并进行了辨析。

首先，从战略上看，南唐也采取了一些策略。《续资治通鉴》记载："初，陈乔、张洎为江南国主谋，请所在坚壁以老宋师。宋师入其境，国主弗忧也。"南唐既无法阻止宋军渡江南下，又无实力全面防御与之抗衡，故采取"坚壁以老宋师"。固守也是抵抗，而且是弱者的有效抵抗手段。并在开宝七年（974）十二月下令去掉宋室的"开宝"年号，施行全城戒严，所有的公私文书均以"甲戌岁"纪年，招募士兵，并对以钱财粮食献官者予以奖励。由此可见，南唐在最后时刻也做了最后一搏。

其次，从战争过程看，宋军攻克南唐也并非一帆风顺。宋军于开宝七年（974）冬十月正式出兵，直到开宝八年（975）冬十一月二十七日攻破金陵迫李煜投降，历时一年有余。且宋军初期进展甚速，曹彬等于开宝七年十月乙亥下令在今湖北蕲春的地方渡江，并攻破了峡口寨。十二月，宋兵临近金陵近郊的白鹭洲。宋军屯兵金陵城下长达一年。据《续资治通鉴》卷八记载，开宝七年十二月和八年二月曹彬等先后两次败江南兵于白鹭洲；此外，双方有两次池州之战和两次武昌之战。这都表明战场形势，南唐曾有逆转、反复拉锯。

此外，在外交上，李煜致书吴越王钱俶，意图离间吴越与北宋的关系。《续资治通鉴》卷八《宋纪》八："戊子，吴越王俶遣使修贡，谢招抚制置之命也。并上江南国主所遗书，其略云：'今日无我，明日岂有君？明天子一旦易地酬勋，王亦大梁一布衣耳！'"不幸钱俶出卖了他，使南唐未能幸免东西夹击的窘境。

据此以论，或许《宋史》记载的李煜"虽外示畏服，修藩臣之礼，而内实缮甲募兵，潜为备战"更接近史实。然天不惜才，佛不佑善，南唐的灭亡，李煜的政治悲剧，或许正如其旧臣徐铉在其为李煜所作的墓志铭中所说"以厌兵之俗，当用武之世。孔明罕应变之略，不成近功；偃王躬仁义之行，终于亡国"。

诚然，在中国历史上没有一个亡国的君王能像李后主那样，受到当世及后世人们的宽待和同情。人们之所以如此宽容他，一方面因为他是一位宅心仁厚的君主，另一方面也心仪他旷世绝代的艺术才华。李煜多才多艺，于书、画、诗、文、词、音乐、佛学无不精通，尤笃好文学。未嗣位时，李煜即开崇文馆。即位后，又置澄心堂，多引能文之士。其间君臣唱和，自然是人生一大快事。

当然，李煜在文学史上最为人所称道的是他的词。李煜的词创作根据他生活环境的变化，可分前后两期。前期据有江南，恰如《即位上宋太祖表》中所说："臣本于诸子，实愧非才，自出胶庠，心疏利禄。被父兄之荫育，乐日月以优游。"寄情声色，追逐豪奢和旖旎。因受到词人生活环境的限制，李煜前期词反映的生活画面不广。这些作品具体可分为：一、描写宫廷生活的画面。比如《浣溪沙》（红日已高三丈透）、《玉楼春》（晚妆初了明肌雪）。二、刻画后妃们的神情形态。三、抒发心灵上的重压和忧思。尤其在长兄弘冀的猜忌下，在长子和大周后相继去世的那些忧伤的日子，李煜体会到了人生的极度痛苦。在诗词中也体现了对人世的短暂逃避与假想逃脱，包括大周后去世后，为其所作的词。如《谢新恩》六首、《捣练字令》（深院静）、两首《渔父》词，都表现了他对那种"一壶酒，一竿身"快活生活的无限欣羡。笔意自成馨逸，能于花间集外，自立一格，亦时有放逸之致。胡应麟认为李煜是宋词的开山祖，他在《诗薮·杂编》中说："后主目重瞳子，乐府为宋人一代开山。盖温、韦虽藻丽，而气颇伤促，意不胜辞。至此君方是当行作家，清便宛转，词家王、孟。"近人王国维在《人间词话》中对李煜的评价更高，也更为中肯。他说:"温飞卿之词,句秀也;韦端己之词,骨秀也;李重光之词,神秀也。"所谓句秀,是指词的文句十分艳丽,用词考究,读来赏心悦目;所谓骨秀,是指词的内容极其诱人,剪裁得当,令读者心旷神怡;所谓神秀,则指的是词的神情俊秀,真情充溢,不假雕饰,自然动人,使每一个读到它的人都由衷地为词中所描写的意境吸引,与作者在感情上产生共鸣,一叹三咏,余音绕梁,三月不知肉味。足见王国维是把李煜的词置于众人之上,作为词的最高艺术境界来欣赏的。

后期则为归宋二三年间,名虽封侯,实为俘虏,题材加广,感慨益深,喜用赋体,工于白描,而文外曲致,玩之弥远。刘毓盘说李后主:"于富贵时能作富贵语,愁苦时能作愁苦语,无一字不真。"谭复堂称其"雄奇幽怨,妙兼二难",遂为百世不祧之祖。陈廷焯在《白雨斋词话》中说:"李后主……非词中正声,而其词则无人不爱,以其情胜也。情不深而为词,虽雅不韵,何足感人!"李煜的词语言自然、精练而又富有表现力。他的词不镂金错彩,信手拈来却文采动人;不隐约其词,却又情味隽永;形成了既清新流丽又婉曲深致的艺术特色。

王国维说:"词至李后主而眼界始大,感慨遂深,遂变伶工之词而为士大夫之词。"晚唐五代以来,词坛主流的创作倾向,是温庭筠确立的抒情范式,即抒写男女间的相思恨别等普泛化、类型化的人类情感。温庭筠的词,是书写别人的情感,讲述他人的感受。李煜扩大了词的表现领域,且具有较高的概括性。他一改花间词人的淫靡风格,不是遵循他们搜章寻句、华而不实、无病呻吟的创作风格,而是开创出一条情真意切、以情感人、不事虚饰的创作道路。自述自己的经历,自诉自我的哀乐。《破阵子》(四十年来家国)就是他亡国前的繁华安闲、亡国时的仓皇失措、做臣虏后的屈辱痛苦的真实写照。总而言之,词在李煜手中又朝着诗体的抒情方向回归。李煜在保持词体特有的音乐性和可歌性的前提下,改变了词体的抒情方式和抒情功能,让词作尽可能贴近词人自己的生活世界和情感世界,表达词人自我的独特感受。其《子夜歌》(往事已成空)、《浪淘沙》(梦里不知身是客)、《虞美人》(春花秋月何时了),遥念故国,充满了"愁恨"和"感伤"。恰如王鹏运《半塘老人遗稿》说:"莲峰居士词超逸绝伦,虚灵在骨。芝兰空谷,未足比其芳华;笙箫遥天,讵能方兹清怨?"而纳兰性德说:"花间之词,如古玉器,贵重而不适用,宋词适用而少质重,李后主兼有其美,饶烟水迷离之致。"(《渌水亭杂说》)

我国文学史尊李白为诗仙,杜甫为诗圣,而称赞李煜为词魂、"南面王"、"词中之帝"应为中肯之论。词之外,李煜尚有诗文创作。他的诗文也颇值得称道,诗如《秋莺》、《送邓王二十弟从益牧宣城》也都写得很有情味,文如《昭惠周后诔》也称得上是至情至性之文。只是因为他的词名太盛,所以很少有人去关注他的诗文。也正因为如此,相对于他的词,他的诗文散佚更为严重。

文学创作之外,李煜的书法、绘画成就也非常高。他的书法教育来自家学,其祖父和父亲皆擅书法,而生于帝王之家的良好环境也为他的艺术生涯铺平了道路。他曾对历代名家做过认真而系统的研究和临习,并深受他们的影响。这一点从前人关于李煜书法风格渊源的探讨中可见一二。有关李煜书法风格的渊源,至少有四种说法:裴休说,宋人陆经《嵩山集》云:"黄鲁直谓李后主书出于裴休,予初大骇之。惟见休石刻字故也。晚乃见休行书墨迹一帖,良以愧叹。"羊欣说,清人高士奇《天禄识余》:"笔阵图乃羊欣作。李后主续之。今陕西石刻,李后主也,以为羲之,误矣。"柳公权说,见载于陆游的《南唐书》。薛稷说,明人丰坊以为李煜"书师薛稷"。实际上如果以通达的眼光看待上述诸说,未必不可以认为李煜的书法学非一途,能兼采众长。李煜的书法在宋代便受到人们的追捧,北宋四大书法家之一的黄庭坚在《跋李后主书》云:"观江南李主手改表章,笔力不减柳诚悬。"柳诚悬即柳公权,黄庭坚以李煜目柳公权,实在是非常高的评价了。而《宣和书谱》不仅大赞李煜书法,还收录了他较多的作品。卷十二《行书六·宋》记述:

江南伪主李煜,字重光,早慧,精敏审音律,善书画。其作大字不事笔,卷帛而书之,皆能如意,世谓"撮襟书"。复喜作颤掣势,人又目其为"金错刀"。尤喜作行书,落笔瘦硬,而风神溢出。……今御府所藏行书二十有四。行书:淮南子,春草赋,羲天秤尺记,浩歌行,克己处分,批元奏状,礼三宝众圣贤仪,八师经,宫相诗,李景草堂等诗,高秋等诗,牡丹等诗,古风诗二,论道帖,招贤诗帖,乐章罗帖,乐府三,临江仙,杂文稿。正书:金书心经,智藏道师真赞。

书画同源,李煜既精于书,亦精于画。宋郭若虚在《图画见闻志》一书中评价李煜:"才识清瞻,书画兼精,赏观所画林石、飞鸟,远过常流,高出意外。"可见他的艺术造诣极高。

《宣和画谱》卷十七《花鸟三·宋·李煜》载:

江南伪主李煜,字重光。政事之眼,寓意于丹青,颇到妙处。自称钟峰隐居,又略其言曰钟隐,后人遂与钟隐画溷淆称之。然李氏能文善书画,书作颤笔樛曲之状,遒劲如寒松霜竹,谓之金错刀,画亦清爽不凡,别为一格。然书画同体,故唐希雅初学李氏之错刀笔,后画竹乃如书法,有颤掣之状,而李氏又复能为墨竹,此互相取备也。其画虽传于世者不多,然推类可以想见。至于画《风虎云龙图》者,便见有霸者之略,异于常画,盖不期至是而志之所之有不能遏者,自非吾宋以德服海内而率士归心者,其孰能制之哉?今御府所藏九:自在观音像一,云龙风虎图一,柘竹双禽图一,柘枝寒禽图一,秋枝披霜图一,写生鹌鹑图一,竹禽图一,棘雀图一,色竹图一。

李煜的画今已不传于世，美国的福开森在《历代著录画目》中大约著录了李煜五十余幅书法作品，但大多真伪莫辨。而李煜的书法今天仍有存世，如题韩幹《照夜白》，行书"入其国，其教可知也……"等等。

不仅在艺术创作方面有很高的成就，在书画理论方面李煜也有很深的造诣。关于书法理论，今天我们尚能见到他的《书述》与《书评》。《书评》中他讨论了王羲之对后世书法家的影响，认为后世书家都各得王羲之之"一体"，便显出宗王倾向。在《书述》中他认为人的书法风格与年龄之间有关系，年轻气盛则笔力雄健，年老历世丰富则笔力稳健沉雄，此当为心得之言。尤其值得一提的是，李煜继承并发展了书法史上的"拨灯法"（又作"拨镫法"）。近人沈尹默在《书法论》中考证，五字执笔法"抚、压、钩、格、抵"创自二王，而阐明于唐代的陆希声。而作为转指法的"拨灯法"四字法是晚唐卢肇依托韩吏部而密守，后来才传给林蕴（详见林蕴《拨灯序》）的。把五字执笔法与转指四字法混而为一的是李煜，并在五字执笔法的基础上又加上了"导、送"（见宋人董更《书录》所引《皇朝内苑》）。所以沈尹默认为李煜在《书述》中所说的"七字法"是他参加了自己的意思而创造的，这不能不说是李煜的一大贡献。据载苏轼执笔用的就是"拨镫法"的"单钩"执笔法，黄庭坚的书法则颇得这"导、送"之妙。至明清时，李煜执笔法仍被视为典范。明张绅《法书通释》卷三《执使篇》："李后主云：书有七字，谓之拨镫法，抚压钩揭抵导送。"清乾隆时戈守智《汉溪书法通解》卷二《执笔》，对李煜的"拨镫法"作了更为详尽的解释。关于绘画理论，李煜认为书画同体，并将书法与绘画技巧融为一体。他的画法"铁钩锁"与他的书法"金错刀"实有异曲同工之妙。而他的近臣也受其影响，援引李煜的书法施之于绘画，如《宣和画谱》记载曾为李煜待诏的周文矩绘画就受到了李煜书法的影响。同样郭若虚在《图画见闻志》中也指出唐希雅的画法也受到了李煜"金错刀"的影响。

书法、绘画之外,李煜还精于音乐。徐铉在李煜的墓志中记述李煜"洞晓音律,精别雅郑;穷先王制作之意,审风俗淳薄之原,为文论之,以续《乐记》"。可惜的是,李煜的《乐记》没有流传到今天。李煜一生只宠爱大、小周后,这不仅因为姐妹二人容貌出众,也还因为大小周后都精于音乐歌舞,与李煜是同道中人。在《昭惠周后诔》中,李煜回忆了他与大周后共同恢复盛唐名曲《霓裳羽衣曲》之事。李煜所作的《念家山》、《振金铃》二曲曾经在江南地区广为流传,成为当时的名曲。

关于李煜的作品,徐铉在为其所作的墓志铭中记载有《文集》三十卷,《杂说》百篇。徐铉为李煜的《杂说》作过序,今存徐铉的《骑省集》中。而徐锴为李煜的文集作过序,但今天也一样地亡佚了。此后,宋人马令《南唐书》卷五《后主书》说:"《杂说》百篇,时人以为可继《典论》。"宋《崇文总目》卷十一"总集类"中,收录有《李煜集》十卷,《李煜集略》十卷(阙);卷十二"别集类"中收录有《江南李主诗》一卷。《宋史》卷二百零八《艺文七》收录有:《李煜集》十卷,又《集略》十卷,《诗》一卷。惜今不传。

关于他的词集,饶宗颐考证,北宋陈世修便有辑钞本。而我们今天可以见到的最早著录李煜词集的是南宋人尤袤的《遂初堂书目》,其中"词曲类"著录《李后主词》,这是单行本。到了南宋末,陈振孙《直斋书录解题》又著录了南唐二主词集的合刻本,即南宋嘉定年间长沙书坊刻《南唐二主词》。上述版本皆已亡佚了。到了明代,李煜词集有两个系统,一是传抄本系统,有吴讷《唐宋名贤百家词》和李西涯辑《南词》本;一是明万历庚申(1620)吕远墨华斋刻本《南唐二主词》,存后主词三十三首。1924年龙榆生为该本底影印本题跋,以为"虽所采亦颇杂他人之作,兼有讹误,要为现存《二主词》之精椠"。清代,李煜词集有四种比较重要的刻本,即清康熙二十八年(1689)侯文灿刻《十名家词集》本、光绪十三年金武祥刻本《粟香室丛书》覆刻本、光绪十六年刘继增校笺本《南唐二主词笺》、王国维校补本《南唐二主词》。现存的李煜词,依据王国维辑补南词本《南唐二主词》的篇目,共34首,补遗10首。在此基础上,王仲闻先生《南唐二主词校订》,后主词共33首,补遗22首,并进行了详密的考证。

本书所收李煜词,依据王仲闻先生《南唐二主词校订》。据王仲闻先生在《南唐二主词校订》的《凡例》中介绍,其书以吕远墨华斋刻本《南唐二主词》为主,并参以其他南宋人所辑传本《南唐二主词》,又校以各种选本、笔记、诗话、词话以及互见各词之总集、别集。所以,李煜词集应以王仲闻先生的《校订本》考订最为精审,本书校注也主要逐录自王书。词的编排大致分为三部分,按照南唐亡国前、南唐亡国后以及作者存疑的词、残句。诗、文编排此。

本书所收李煜诗则录自《全唐诗》及《全唐诗补编》,文则根据《全唐文》及《全唐文补编》。间或他书有异文,则于注释中标识。为了便于读者全面了解李煜,本书还在附录部分附上了李煜一生大事年表,又收录了《马氏南唐书》和《陆氏南唐书》中的李煜传记,李煜旧臣徐铉为之撰写的墓志铭及他为李煜《杂说》所作的序。此外,《宋史》卷四八一载录了一封李煜写给南汉刘鋹的信。据《资治通鉴长编》卷一一记载,信是李煜授意南唐知制诰潘佑所写,故历代文集如吕祖谦《宋文鉴》,将此信归于潘佑名下。但正如有学者所言,潘佑此文乃是承旨之作,其间定有李煜之意。且以李煜对文学的爱好及专擅,李煜审阅并动手修改也在情理之中。所以在此一并收录附录中,以增加对李煜的了解。

本书在写作过程中,参考了前贤时修的研究成果。但限于体例,不能一一注明,在此一并感谢。由于本人学识有限,书中一定有许多错脱之处,请读者予以批评指正。

凡　例

一、本书按时间、文体、正文、断句、存疑序例，先诗次词后文赋。

二、诗卷先全诗，次存残句。词卷先全词，次存疑词，复次断句。文赋卷先全文，次存残篇。

三、每篇（首）均设有题解、注释、汇评，从题记到存疑词及断句皆统一表述。误署词及存疑断句，仅录原词句并简介其原因。

四、注释中对不同版本的相异文词均适量录出。其中：明吴讷《唐宋名贤百家词》本，简称吴讷本；明万历庚申（1620）吕远墨华斋刻本，简称吕远本；清康熙二十八年（1689）侯文灿刻《十名家词》本，简称侯文灿本；清宣统元年（1909）沈宗畸刊刻《晨风阁丛书》本，简称《晨风阁丛书》本。

五、汇评，全集皆选用清代及清以前的古人评论。评述一一注明作者、书名、卷次等信息。

六、附录部分录出《宋史》卷四八一《遗刘铱书》，马令《南唐书·后主书》，陆游《南唐书·后主本纪》，以及徐铉《大宋左千牛卫上将军追封吴王陇西公墓志铭并序》、《御制杂说序》。此外，附录中按专著和学术论文两大类，辑录了港台与大陆自 20 世纪 30 年代至今的有关李煜研究资料，大致以年代汇编。

目　录

甲卷　全诗新编

乙卷　全词新编

存疑词

丙卷　全文新编

残 篇

附 录

全诗新编

秋 莺

残莺①何事②不知秋，横过幽林尚独游。
老舌百般倾耳听③，深黄一点入烟流。
栖迟④背世⑤同悲鲁⑥，浏亮⑦如笙碎⑧在猴⑨。
莫更留连好归去，露华⑩凄冷蓼花愁。

【题解】

从诗的内容而看，《秋莺》当是李璟原册立的太子从寓鸩杀其叔父燕王景遂之后，李煜为逃避残酷的夺嗣而决定隐居时所作。这是一首感物诗，诗中所写是一只已经深秋而迟迟没有避寒南归的黄莺，作者由此而感慨生心，嗟叹秋莺的"浏亮"之音和鲁钝不谙节候，并劝其南归，不要在此流连。这显系其自我的感伤。诗人以精当的典故运用，白描衬托的巧妙结合，营构出一哀伤凄迷的气氛。这一气氛正说明李煜对残酷政治斗争的惧怕和对自己处境的担忧。

古人咏物多有所寄托，李后主之咏秋莺亦莫能外，但他所咏的"秋莺"绝不同于"暮春三月，江南草长，杂花生树，草长莺飞"、"自在娇莺恰恰啼"之春莺，而是酷肖少陵"飘飘何所似，天地一沙鸥"、"谁怜一片影，相失万重云"之失群之鸟，孤寂凄冷之心境可以想见。

【注释】

①残莺：本指晚春的莺啼，这里乃后主自比。唐司空曙《残莺百啭歌同王员外耿拾遗吉中孚李端游慈恩各赋一物》曰："残莺一何怨，百啭相寻续……歌残莺，歌残莺，悠然万感生。"

②何事：嗔怪自诘的口吻，悔恨自家为何不识时务。

③听(tìng)：出句煞尾字，去声，仄，《平水韵》属"二十五径"。

④栖迟:游息,隐遁。《诗经·陈风·衡门》:"衡门之下,可以栖迟。"朱熹《诗集传》:"栖迟,游息也。"西晋袁宏《后汉纪·光武帝纪七》:"夫以邓生之才,参拟王佐之略,损翮弭鳞,栖迟刀笔之间,岂以为谦,势诚然也。"

⑤背世:与世俗主流相左。三国魏曹植《七启》:"予闻君子不遁俗而遗名,智士不背世而灭勋。"

⑥悲鲁:指亡国之痛。《史记·孔子世家》载,鲁哀公十四年春,获异兽于野,孔子视之曰:"麟也。"因悲叹:"吾道穷矣。"意为鲁国将亡,于是作《春秋》以记鲁国历史,上起隐公元年,下迄哀公十四年,总计十二公242年间的大事。

⑦浏亮:乐声清脆明朗。西晋陆机《文赋》:"诗缘情而绮靡,赋体物而浏亮。"李善注:"浏亮,清明之称。"

⑧碎:唐李贺《李凭箜篌引》:"昆山玉碎凤凰叫,芙蓉泣露香兰笑。"宋欧阳修《临江仙》:"池外轻雷池上雨,雨声滴碎荷声。"宋黄庭坚《和仲谋夜中有感》:"纸窗惊吹玉蹀躞,竹砌碎撼金琅珰。""碎"字用得极为响亮,极为惊心,又极为哽咽,饱含诗人难以言表的痛楚。

⑨缑:即缑氏山,在河南偃师。汉刘向《列仙传·王子乔》:"王子乔者,周灵王太子晋也。好吹笙,作凤凰鸣。游伊洛之间,道士浮丘公接以上嵩高山。三十余年后,求之于山上,见桓良曰:告我家:'七月七日待我于缑氏山巅。'至时,果乘白鹤驻山头,望之不得到,举手谢时人,数日而去。"后因之以为修道成仙之典。

⑩露华:露水。唐李白《清平调》(其一):"云想衣裳花想容,春风拂槛露华浓。"

病起题山舍壁

山舍初成病乍轻,杖藜巾褐①称闲情。
炉开小火深回暖,沟引新流几曲声。

暂约彭涓②安朽质，终期宗远③问无生④。

谁能役役⑤尘中累，贪合鱼龙⑥构强名⑦。

【题解】

这首诗见于《唐诗鼓吹》卷十，作年不详。诗有全身远害之出世意，或为李煜在叔父李景遂与太子李弘冀争位时避祸之作。

【注释】

①杖藜巾褐：以藜木为杖，以褐巾裹头，形容生活俭朴而穿着随意。藜：野生植物，茎坚韧，可为杖。

②彭涓：彭祖和涓子，是古代传说中的仙人，有长生不老之术。南朝陶弘景《寻山志》："仰彭涓兮弗远，必长年兮可期。"相传彭祖活了八百八十岁，实际寿命当为146岁，根据古时大彭氏国实行的"小花甲计岁法"推断，即60天为一年。涓子，传说中的仙人名。汉刘向《列仙传·涓子》："涓子者，齐人也，好饵术……著《天人经》四十八篇。后钓于荷泽，得鲤鱼，腹中有符。隐于宕山，能致风雨。"三国魏嵇康《琴赋》："涓子宅其阳，玉醴涌其前。"唐皎然《妙喜寺达公禅斋寄李司直等》诗："涓子非我宗，然公有真诀。"

③宗远：宗炳和慧远。宗炳（375—443），南朝宋画家，字少文，南涅阳（今河南镇平）人，家居江陵（今属湖北），士族。东晋末至宋元嘉中，当局屡次征他做官，俱不就。擅长书法、绘画和弹琴。信仰佛教，曾参加庐山僧慧远主持的"白莲社"，作《明佛论》。漫游山川，西涉荆巫，南登衡岳，后以老病，才回江陵。曾将游历所见景物，绘于居室之壁，自称："澄怀观道，卧以游之。"著有《画山水序》。慧远，俗姓贾，雁门楼烦（约在今山西朔城区）人。出生于代州（约代县），初学儒、老、庄，二十一岁往太行恒山（今河北曲阳西北）参见道安，听讲《放光般若》，豁然开悟后，以为佛教远胜儒、道，遂出家，入庐山住东林寺，领众修道。他为道安的上座弟子，善于般若，并兼倡阿毗昙、戒律、禅法。因此中观、戒律、禅、教及关中胜义，都仗慧远而流播南方。曾与刘遗民等人，在阿弥陀像前立誓，这是佛教史上最早的结社，这一结社的目的就是专修"净土"之法，以期死后往生"西方"。故后世净土

宗尊为初祖。当时的名士谢灵运,钦服慧远,替他在东林寺中开东西两池,遍种白莲,慧远所创之社,遂称"白莲社",因此,后来净土宗又称"莲宗"。净土宗的基本经典有《无量寿经》、《观无量寿经》、《阿弥陀佛》、《往生论》等。

④无生:佛教语,谓没有生灭,不生不灭。晋王该《日烛》:"咸淡泊于无生,俱脱骸而不死。"唐王维《登辨觉寺》:"空居法云外,观世得无生。"又作无起。谓诸法之实相无生灭。与"无生灭"或"无生无灭"同义。所有存在之诸法无实体,是空,故无生灭变化可言。

⑤役役:形容奔走操劳之状。《庄子·齐物论》:"终身役役,而不见其成功。"

⑥鱼龙:比喻品质不一的人混杂在一起。罗隐《西塞山》:"波阔鱼龙应混杂,壁危猿狖奈奸顽。"

⑦强名:勉强而成的名声。《老子》第二十五章:"有物混成,先天地生。寂兮寥兮,独立而不改,周行而不殆,可以为天地母。吾不知其名,字之曰'道',强为之名曰'大'。"

送邓王二十弟从益①牧宣城②

且维轻舸更迟迟,别酒重倾惜解携③。
浩浪侵愁光荡漾,乱山④凝恨色高低。
君驰桧楫⑤情何极,我凭阑干日向西。
咫尺⑥烟江几多地,不须怀抱重凄凄。

【题解】

据马令《南唐书》记载,邓王李从镒开宝三年出镇宣州,李煜率近臣在绮霞阁为之饯行,并且写下了饯行的诗、序。诗即本篇,见《唐诗鼓吹》卷十,同卷收录的尚有汤悦及徐铉的同题作。诗中主要写宣城风光,表达了自己"我凭阑干日向西"的不舍之情。

【注释】

①邓王二十弟从益,即从镒,元宗第八子,李后主弟,任邓王。《五代史》、马令《南唐书》作"从益",陆游《南唐书》、《唐余纪传》作"从镒",二者实为一人。李煜在送别从镒出镇宣州时曾作《送邓王二十弟从益牧宣城》、《御筵送邓王》、《送邓王二十六弟牧宣城序》二诗一文,表达兄弟之情。马令《南唐书》里指出《送邓王二十六弟牧宣城序》乃本诗的序。《唐诗鼓吹》卷十收录该诗时题为"邓王二十弟",《全唐文》卷一百二十八、《全唐文新编》第一部第二册卷一百二十八收录诗序,作"邓王二十六弟",未知孰是,姑并存之。

②牧宣城:出任宣州(今安徽宣城)刺史。

③解携:分手、离别。唐杜甫《水宿遣兴奉呈群公》:"异县惊虚往,同人惜解携。"

④乱山:群山。

⑤桧楫:桧木作的船楫。桧木芳香,以示美好。

⑥咫尺:形容距离近。

悼　诗

永念难消释,孤怀痛自嗟。
雨深秋寂寞,愁引①病增加。
咽绝风前思,昏朦②眼上花。
空王③应念我,穷子④正迷家。

【题解】

本首悼诗,又名"悼幼子瑞保"。李煜次子仲宣,小字瑞保,三岁时受封宣城郡公,死后追封为岐王。宣城,今安徽宣城。

　　瑞保,是李煜与大周后的次子,生于公元 961 年,正是李煜即位的当年。瑞保眉清目秀,聪明伶俐。马令《南唐书》等史籍记载,瑞保三岁时授学《孝经》,即时成诵,不遗一字。受父母的遗传,小小年纪的仲宣便能审识音调。陆游《南唐书》卷十六记载:"宋乾德二年,仲宣才四岁。一日,戏佛像前,有大琉璃灯为猫触堕地,划然作声,仲宣因惊痫得疾,竟卒。"时间据徐铉《岐王墓志铭》是在这一年的冬十月二日(《骑省集》卷十七)。此时,大周后正卧病在床,势将不起。这首诗亦见于宋马令《南唐书》卷七《宗室传》:"初,仲宣卒,后主哀甚,然恐重伤昭惠,常默坐饮泣而已,因为诗以写志云云。"时年 28 岁的李煜几乎被丧失爱子的剧痛完全打倒,却忧心引起大周后大恸而加剧病情,强力独自撑持,不能尽情宣泄悲痛。马令《南唐书》卷三又载:"时昭惠病剧,后主恐重伤其意,默坐饮泣,因为诗以写志,吟咏数四,左右为之泣下。"

【注释】

①引:《五代诗话》引诗作"剧"。

②昏朦:指眼光昏花,朦胧。或作"昏濛"。

③空王:佛教语,空王就是释迦牟尼佛,佛说世间一切皆空,故称空王。

④穷子:佛教语,法华经七喻之一。三界生死之众生,譬之无功德法财之穷子。

挽辞二首

其　一

珠碎眼前珍①,花凋世外春。

未销心里恨,又失掌中身②。

玉笥③犹残药,香奁④已染尘。

前哀将后感,无泪可沾巾。

其　二

艳质⑤同芳树⑥,浮危⑦道略同。

正悲春落实,又苦雨伤丛。

秾丽今何在?飘零事已空。

沉沉无问处,千载谢⑧东风。

【题解】

马令《南唐书》记载,后主次子仲宣死后,大周后抱病之身越发哀痛,不久周后也去世。于是李煜写了这两首挽诗,悼念母子。

【注释】

①珠碎眼前珍:喻伤子,亦泛指人亡。北周庚信《伤心赋》:"膝下龙摧,掌中珠碎。芝在室而先枯,兰生庭而早刈。"古时常用"掌上珠"、"掌中珠"、"掌上明珠"来比喻极受父母钟爱的儿女。晋傅玄《短歌行》:"昔君视我,如掌中珠。何意一朝,弃我沟渠。"

②掌中身:这里指大周后娥皇。娥皇善歌舞,通音律,故以"掌中身"喻之,意谓体态轻盈,可在手掌上舞蹈。相传汉成帝之后赵飞燕体态轻盈,能作掌上舞。见《白孔六贴》卷六一。《南史·羊侃传》:"儛人张净琬,腰围一尺六寸,时人咸推能掌上舞。"

③玉笥:华美的盛衣食之竹箱。笥:盛衣物或饭食等的方形竹器。

④香奁:妇女妆具,盛放香粉、镜子等物的匣子。

⑤艳质:艳美的资质。古时常用来指代美人,这里指大周后。

⑥芳树:泛指嘉木。这里指代次子仲宣。

⑦危:佛教语,指代浮生危苦。

⑧谢:辞别。

【汇评】

清·王士祯:初,仲宣殁,后主恐伤昭惠后心,常默坐饮泣,因为诗以写志。诗曰:"永念难消释,孤怀痛自嗟。雨深秋寂寞,愁剧病增加。咽绝风前思，昏蒙眼上花。空王因念我，穷子正迷家。"吟咏数四，左右为之泣下。又挽昭惠后，词曰："珠碎眼前珍，花凋世外春。未销心里恨，又失掌中身。玉筐犹残药，香奁已染尘。前哀将后感，无泪可沾巾。艳质如芳树，浮危道略同。正悲春落实，又苦雨伤丛。秾丽今何在，飘零事已空。沉沉无问处，千载谢东风。"皆并其母子悼之。（《五代诗话》）

感怀二首

其　一

又见桐花①发旧枝，一楼烟雨暮凄凄。
凭阑②惆怅人谁会，不觉潸然泪眼低。

其　二

层城③无复见娇姿，佳节缠哀不自持。
空有当年旧烟月，芙蓉城④上哭蛾眉。

【题解】

《女宪传》："（大周后娥皇病故，李煜）每于花朝月夕，无不伤怀。"为其作诗若干，其中有此二首。娥皇卒于乾德二年（964）十一月二日，而诗中说"又见桐花发旧枝"，则诗应作于第二年春。

【注释】

①桐花：指梧桐的花，桐花是清明节的节花，常表示乡愁、相思、祭祀等义。白居易《寒食江畔》："闻莺树下沉吟立，信马江头取次行。忽见紫桐花怅望，下邽明日是清明。"

②凭阑：凭栏，身依栏杆。

③层城：指京师，王宫。唐陈子昂《感遇》诗之二十六："宫女多怨旷，层

城闭蛾眉。"

④芙蓉城:古代传说中的仙境。宋欧阳修《六一诗话》:"曼卿卒后,其故人有见之者云,恍惚如梦中,言我今为鬼仙也,所主芙蓉城。"这里指金陵。

梅花二首

其　一

殷勤移植地,曲槛①小栏边。

共约重芳日,还忧不盛妍。

阻风开步障②,乘月溉寒泉。

谁料花前后,蛾眉却不全。

其　二

失却烟花主③,东君④自不知。

清香更何用,犹发去年枝。

【题解】

这两首诗都是李煜悼念亡妻周氏的。马令《南唐书》卷六记载:"尝与后移植梅花于瑶光殿之西,及花时,而后已殂,因成诗见意。"

此二首诗,厉鹗《宋诗纪事》卷八十六所载,为"尝与周后移植梅花于瑶光殿之西,及花时,而后已殂,因成诗见意(二首)"。原是节录马令《南唐书》卷六的文字。

【注释】

①曲槛:曲折的栏杆。

②步障:亦作"步鄣",意即布障,织物制成,用以遮蔽风尘或视线的一

种屏幕。《北史》卷八十一记张景仁善书,工草隶,深得北齐废帝高殷的宠爱,呼为博士。景仁体弱多病,凡陪同出行,在道宿处,高殷"每送布障,为遮风寒"。

③烟花主:烟花的主人。这里指美丽的大周后。烟花:雾霭中的花。

④东君:司春之神。

【汇评】

清·王士禛:尝与后移植梅花于瑶光殿之西,及花时,而后已殂。因成诗见意曰:"殷勤移植地,曲槛小栏边。共约重芳日,还忧不盛妍。阻风开步障,乘月溉寒泉。谁料花前后,蛾眉却不全。"此不特叙其幽思,且以兴内助之艰难,而不得与之同乐。又云:"失却烟花主,东君自不知。清香更何用,犹发去年枝。"此足以见光景于人无情,而人于景物不可认而有之也。(《五代诗话》)

书灵筵①手巾②

浮生③共憔悴④,壮岁⑤失婵娟⑥。
汗手遗香渍,痕眉染黛烟⑦。

【题解】

古代丧服之礼,妻死,丈夫要服齐(zī)衰(cuī)之丧,时间是一年。魏晋以后,丧葬礼仪中有设灵筵一节,唐代则成为定式。据马令《南唐书》,这首诗也是李煜悼亡大周后亡之作。

【注释】

①灵筵:供亡灵的几筵。人死后,生者为祭奠死者而设立的几案,用以供奉灵位、衣物与酒食。《梁书·止足传·顾宪之》:"不须常施灵筵,可止设香灯,使致哀者有凭耳。"北齐颜之推《颜氏家训·终制》:"灵筵勿设枕几,朔望祥禫唯下白粥清水干枣,不得有酒肉饼果之祭。"王利器《颜氏家训

集解》："灵筵，供亡灵之几筵，后人又谓之灵床，或曰仪床。"

②手巾：即毛巾，又称拭手巾、净巾，是擦拭脸手皮肤的日常用品。在中国，手巾自古即被使用，后禅林备之于僧堂、浴室、后架等供大众使用。《毗尼母经》卷八提出净体巾、净面巾、净眼巾之别。《大比丘三千威仪》卷下说明手巾的用处："当用手巾有五事：一者当拭上下头；二者当用一头拭手，以一头拭面止；三者不得持拭鼻；四者以用拭腻污当即浣之；五者不得拭身体，若澡浴各自有巾。若著僧伽梨时，持手巾有五事：一者不得使巾头垂见，二者不得持白巾，三者当败色令黑，四者不得拭面，五者饭当用覆膝上，饭已当去。"此处当是大周后净面巾。因为李煜和大周后都笃信佛教，此处"手巾"当是佛教仪礼上的"手巾"。

③浮生：指人生在世，虚浮不定，故称为"浮生"。语出《庄子·刻意》："其生若浮，其死若休。"

④憔悴：忧戚，烦恼。

⑤壮岁：这里指李煜丧妻时的二十八岁。

⑥婵娟：泛指形态美好的女子。这里指大周后。

⑦黛烟：青黑色的颜料，古时女子用以画眉。

【汇评】

清·王士祯：触物寓意类如此。（《五代诗话》）

书琵琶背

佹①自肩如削②，难胜数缕绦。
天香留凤尾③，余暖在檀槽④。

【题解】

马令《南唐书》记载，因大周后善弹琵琶，李璟便将自己心爱的烧槽琵琶赐赠与她。大周后病重，将"元宗所赐琵琶，及尝臂玉环"赠别李煜。而陆游《南唐书》记载，大周后死后，伤痛欲绝的李煜"自制诔，刻之石，与后所爱金屑檀槽琵琶同葬"。据此，这首诗当作于大周后下葬之前。诗表达了李煜对妻子的思念，"天香"、"余暖"犹在，而人已亡。

【注释】

①侁(shēn)：众多。

②肩如削：典出曹植《洛神赋》："肩若削成，腰若束素。"

③凤尾：指琵琶上端安放弦柱的部位，形状为凤凰尾。

④槽：琵琶上架弦的格子。

九月十日偶书

晚雨秋阴酒乍醒，感时心绪杳①难平。

黄花冷落不成艳，红叶飕飗②竞鼓声。

背世返能厌俗态，偶缘③犹未忘多情④。

自从双鬓斑斑白，不学安仁⑤却自惊。

【题解】

这首诗见元好问编《唐诗鼓吹》卷十。诗有"自从双鬓斑斑白，不学安仁却自惊"句，典出潘岳《秋兴赋序》，时年潘岳三十二岁。如以此推断，则李煜作此诗的时间是开宝元年(968)。当时其爱妻大周后病亡，爱子仲宣夭折，又加之国势日蹙，倒也与这首诗表现出的悲观厌世心境吻合。姑系于此。

【注释】

①杳：幽深。

②飕飗(sōu liú)：象声词，指风雨声。

③缘：佛教用语，尘缘的简称，谓心识所缘色、声、香、味、触、法六尘境。

④忘多情：忘掉世俗的情缘。《世说新语·伤逝四》："王戎丧儿万子，山简往省之，王悲不自胜。简曰：'孩抱中物，何至于此！'王曰：'圣人忘情，最下不及情；情之所钟，正在我辈。'简服其言，更为之恸。"

⑤安仁：潘岳，字安仁。潘岳《秋兴赋》："晋十有四年，余春秋三十有二，始见二毛。"这两句，诗人说他如潘岳一样双鬓斑白，却不像潘岳那样感到吃惊。

病中感怀

憔悴年来甚，萧条益自伤。
风威侵病骨，雨气咽愁肠。
夜鼎①唯煎药，朝髭②半染霜。
前缘竟何似，谁与问空王。

【题解】

诗虽然写得充满悲苦情绪，但还不像是入宋以后之作，因为这种悲苦更多是宗教情怀。方回在《瀛奎律髓》中评论这首诗时，批评李煜集中多言病，没有帝王气象。方回应该是读过李煜作品集的，他认为这首诗是李煜作于为君王时，应该是有根据的。

【注释】
①鼎：古代烹煮用的器物，一般三足两耳。
②髭(zī)：嘴边的胡子。

【汇评】

元·方回：李后主号能诗词，偶承先业，据有江南，亦僭称帝，数十州之主也。集中多有病诗，先有五言律云："病态如衰飒，厌厌已五年。"看此诗，真所谓衰飒憔悴，岂《大风》《横汾》之比乎？宜其亡也！或谓此乃已至大兴之后,即不然矣。七言有云:"衰颜一病难牵复,晓殿君临颇自羞。"又云:"冷笑秦皇经远略,静怜周穆苦时巡。"盖君临之时也。(《瀛奎律髓》卷四四)

病中书事

病身坚固道情①深,宴坐②清香思自任③。
月照静居唯捣药④,门扃⑤幽院只来禽⑥。
庸医懒听词何取,小婢将⑦行力未禁⑧。
赖问空门⑨知气味⑩,不然烦恼⑪万涂侵。

【题解】
这首诗与前一首应该作于同时,宗教情怀更浓。

【注释】
①道情:修道者超凡脱俗的情操,这里指佛教信仰。
②宴坐:佛经中指修行者静坐。
③自任:自觉承担;当作自身的职责。《孟子·万章下》:"其自任以天下之重也。"
④捣药:古代传说月中有白兔捣药。
⑤扃(jiōng):门闩。
⑥来禽:即沙果。也称花红、林檎、文林果。或谓此果味甘,果林能招众禽,故名。《艺文类聚》卷八七引晋郭义恭《广志》:"林檎似赤柰,亦名黑檎……一名来禽,言味甘熟则来禽也。"
⑦将:扶助,搀扶。
⑧禁:承受。
⑨空门:佛教。佛教宣扬万物皆空,故称空门。
⑩气味:比喻意趣或情调。

⑪烦恼：佛教用语，谓迷惑不觉，包括贪、嗔、痴等根本烦恼以及随烦恼，能扰乱身心，引生诸苦，为轮回之因。

【汇评】

元·方回：此诗八句俱有味。然不似人主之作，只似贫士大夫诗也。（《瀛奎律髓》卷四四）

题《金楼子》①后

牙签②万轴里红绡，王粲③书同付火烧。
不是祖龙④留面目，遗篇那得到今朝。

【题解】

无名氏《枫窗小牍》："余尝见内库书《金楼子》有李后主手题，曰：梁孝元谓王仲宣昔在荆州，著书数十篇，荆州坏，尽焚其书。今在者一篇，知名之士咸重之。见虎一毛，不知其斑。后西魏破江陵，帝亦尽焚其书，曰：'文武之道，尽今夜矣。'何'荆州坏'、'焚书'二语，先后一辙也。诗以慨之曰：'牙签万轴里红绡，王粲书同付火烧。不是祖龙留面目，遗篇那得到今朝。'书卷皆薛涛纸所抄，惟'今朝'字误作'金朝'，徽庙恶之，以笔抹去。后书竟如谶，入金也。"据此，此诗当作于李煜入宋之前，甚或即位之前。后来李煜在亡国前夕也烧毁了他的大部分藏品，竟也复蹈前人之辙，这大概是他也没有想到的事。

【注释】

①《金楼子》：书名，梁元帝为湘东王时自号金楼子，因以名书。是书采用札记、随感的形式，或前引名言成句，后加自己的看法；或借题发挥以阐发自己的思想；或记述史实以劝诫子女；或追叙往事，聊以自慰；或转志奇事，欲广闻见；或记述交游，以叙友情，等等。而且梁元帝从青年时代起就亲自动手搜集材料逐年撰写《金楼子》。梁元帝，即萧绎(508—554)，初封

17

湘东郡王,公元552年登基,称梁元帝。梁元帝一生博览群书,儒释道兼通,而且还完成了大量学术著作,所以《梁书》本纪称赞他:"既长好学,博综群书,下笔成章,出言为论,才辩敏速,冠绝一时。"史称其藏书十四万卷,于江陵城破时自己烧毁。并用宝剑狂砍竹柱,仰天长叹:"文武之道,今夜尽矣!"

②牙签:系在书卷上作为标识以便于翻检的签牌,一般用牙骨制成,故称。这里代指书。

③王粲(177—217):字仲宣,山阳高平人,三国时曹魏名臣,也是著名文学家。其祖为汉朝三公,与李膺齐名。早年王粲曾得到蔡邕的赏识,后到荆州依附刘表。刘表以王粲其人貌不副其名而且躯体羸弱,不甚见重。刘表死后,王粲劝刘表次子刘琮归降于曹操。曹操辟王粲为丞相掾,赐爵关内侯。王粲文学成绩颇高,尤以诗赋见长,与刘桢、孔融等合称"建安七子",有《王侍中集》。

④祖龙:指秦始皇。《史记·秦始皇本纪》:"三十六年……秋,使者从关东夜过华阴平舒道,有人持璧遮使者曰:'为吾遗滈池君。'因言曰:'今年祖龙死。'"裴骃《集解》引苏林曰:"祖,始也;龙,人君像。谓始皇也。"因为其曾焚书,故将其与焚书事相关联。

渡中江望石城泣下

江南①江北②旧家乡,三十年来梦一场。
吴苑③宫闱今冷落,广陵④台殿已荒凉。
云笼远岫⑤愁千片,雨打归舟泪万行。
兄弟四人三百口,不堪闲坐细思量。

【题解】

这首诗见宋郑文宝《江表志》卷一,题作"泰州永宁宫"。但郑文宝认为

18

这首诗是吴让皇杨溥所作,而马令《南唐书》、《江南野史》、《类说》皆认为是后主作。四库馆臣认为郑文宝"亲事后主,所闻当得其真。是以可以订马书之误"。《江南余载》卷下也认为是杨溥作于泰州。诗歌写诗人丧家失国之后的落魄景象和凄凉心境,认为是杨溥或李煜皆可。

【注释】

①江南:"江南"的含义在古代文献中是变化多样的。它常是一个与"江北"、"中原"等区域概念相并立的词,且含糊不清。从历史上看,江南既是一个自然地理区域,也是一个社会政治区域。在李煜笔下相当于涵括:南京、苏州、镇江、常州、无锡等苏南地区,江西东北部上饶、景德镇、九江等地区,浙江北部杭州、嘉兴、湖州、绍兴等地区,安徽南部的芜湖、马鞍山、铜陵、池州(九华山)及徽州地区,为典型意义上的狭义江南。

②江北:长江以北地区,相对长江以南而言,包括江苏省、安徽省长江以北、淮河以南地区。《宋史·世家传一·李煜》:"(乾德)二年,又诏江北,许诸州民及诸监盐亭户缘江采捕及过江贸易。"

③吴苑:犹言"吴宫",多指王朝兴亡,不必确指。如李白《登金陵凤凰台》诗:"吴宫花草埋幽径,晋代衣冠成古丘。"

④广陵:魏晋南北朝时期长江北岸重要都市和军事重镇。春秋末,吴于此凿邗沟,以通江淮,争霸中原。秦置县,西汉设广陵国,东汉改为广陵郡,以广陵县为治所,故址在今淮安市。

⑤岫(xiù):山。

残　句

迢迢①牵牛星,杳②在河之阳。粲粲③黄姑女,耿耿④遥相望。

【题解】

最早见于宋龚明之的《中吴纪闻》卷四"黄姑织女"条,其文曰:昆山县东三十六里,地名黄姑。古老相传云:尝有织女、牵牛星降于此地,织女以金篦划河,河水涌溢,牵牛因不得渡。今庙之西,有水名"百沸河",乡人异之,为之立祠。按《荆楚岁时记》:黄姑者,河鼓也。牵牛谓之河鼓,后人讹其声为黄姑。潘子直云:"亦犹桑落之语,转呼为索郎耳。"乡人因以名其地,见于题咏甚众。《古乐府》云:"东飞伯劳西飞燕,黄姑织女时相见。"李太白诗云:"黄姑与织女,相去不盈尺。"李后主诗云:"迢迢牵牛星,杳在河之阳。粲粲黄姑女,耿耿遥相望。"刘筠内翰诗云:"伯劳东矞燕西飞,又报黄姑织女期。"其他不能尽载。虽非指此黄姑,然得名之由亦可类推也。祠中旧列二像,建炎兵火时,士大夫多避地东冈,有范姓者经从祠下,题于壁间云:"商飙初至月埋轮,乌鹊桥边绰约身。闻道佳期唯一夕,因何朝暮对斯人。"乡人遂去牵牛像,今独织女存焉。祷祈之间,灵迹甚著。每遇七夕,人皆合钱为青苗会,所收之多寡,持杯玫问之,无毫厘不验,一方甚敬之。旧有庙记,今不复存矣。

据此,则后主此诗乃咏写织女。只是其以织女为黄姑女,与众人不类。

【注释】

①迢迢:高远貌。《古诗十九首》:"迢迢牵牛星,皎皎河汉女。"

②杳:《香祖笔记》作"渺"。

③粲粲:鲜明貌。《诗·小雅·大东》:"西人之子,粲粲衣服。"朱熹集传:"粲粲,鲜盛貌。"

④耿耿:微明貌。谢朓《暂使下都夜发新林至京邑》:"秋河曙耿耿,寒渚夜苍苍。"

【汇评】

清·王士禛:《荆楚岁时记》:河鼓谓之牵牛,黄姑即河鼓也。古诗云:"黄姑织女时相见。"李后主诗云:"迢迢牵牛星,渺在河之阳。粲粲黄姑女,耿耿遥相望。"则又以黄姑为织女,不知何据。(《五代诗话》卷一引《香祖笔记》)

落　花

莺狂应有限,蝶舞已无多。

【注释】

宋陆游《老学庵笔记》卷四:李后主《落花》诗云:"莺狂应有限,蝶舞已无多。"未几亡国。宋子京亦有《落花》诗云:"香随蜂蜜尽,红入燕泥干。"亦不久下世,诗谶盖有之矣。

咏　扇

揖让①月在手,动摇风满怀。

【题解】

这是李煜《咏扇》中的两句。见于宋叶梦得《石林燕语》卷四:江南李煜既降,太祖常因曲燕问:"闻卿在国中好作诗。"因使举其得意者一联。煜沉吟久之,诵其《咏扇》云:"揖让月在手,动摇风满怀。"上曰:"满怀之风,却有多少?"他日复燕煜,顾近臣曰:"好一个翰林学士。"

【注释】

①揖让:一种古代宾主相见的礼仪。

病态如衰弱,厌厌①向五年。
衰颜一病难牵复②,晓殿君临颇自羞。
冷笑秦皇③经远略,静怜姬满④苦时巡。

以上六句,皆见于元方回《瀛奎律髓》卷四十四收录的李煜《病中感怀》诗后注:李后主号能诗词,偶承先业,据有江南,亦僭称帝,数十州之主也,集中多有病诗,先有五言律云:"病态如衰飒,厌厌向五年。"看此诗真所谓衰飒憔悴,岂《大风》《横汾》之比乎?宜其亡也。或谓此乃已至大兴之后,即不然矣。七言有云:"衰颜一病难牵复,晓殿君临颇自羞。"又云:"冷笑秦皇经远略,静怜周穆(姬满)苦时巡。"盖君临之时也。

【注释】

①厌厌:绵长。南唐冯延巳《长相思》词:"红满枝,绿满枝,宿雨厌厌睡起迟。"

②牵复:本意谓复官、复原。这里指康复。

③秦皇:指秦始皇。

④姬满:姬姓,名满,即周穆王,昭王之子,周王朝第五位帝王。他是我国古代历史上最富有传奇色彩的帝王之一,世称"穆天子"。关于他的传说,层出不穷,最著名的则是《穆天子传》。

鬓从今日添新白,菊是去年依旧黄。
万古到头归一死,醉乡葬地有高原。

【题解】

这两段诗见于宋刘斧《翰府名谈》:江南李主一目重瞳,务长夜之吟,内日给酒三石,艺祖敕不与酒,奏曰:"不然,何计使之度日?"遂复给之。李主姿貌绝美,艺祖曰:"公非贵貌也,乃一翰林学士耳。"有诗曰:"鬓从今日添新白,菊是去年依旧黄。"皆是意气不满,有亡国之悲。临终有诗云:"万古到头归一死,醉乡葬地有高原。"

宋无名氏《分门古今类事》卷十三《谶兆门上》载:(李煜)又尝乘醉大书诸牖曰:"万古到头归一死,醉乡葬地有高原。"醒而见之,大悔,未几果下世。

可知,这两段诗都是李煜写于亡国之后、沦为阶下囚时痛苦之作。

人生不满百,刚^①作千年画。

【题解】

这两句诗见于宋王楙《野客丛谈》卷十九:唐人诗句不一,固有采取前人之意,亦有偶然暗合者。……许浑诗:"百年便作千年计。"李后主诗:"人生不满百,刚作千年画。"

许浑或李煜实际上都是借用了汉乐府《西门行》:"人生不满百,常怀千岁忧。"

【注释】

①刚:偏偏。

日映仙云薄,秋高天碧深。

【题解】

这两句见于宋叶庭珪《海录碎事》卷一"天门"的"天碧深"条。

乌照^①始潜辉,龙烛^②便争秉。
凝珠满露枝。
游飏日已西,肃穆^③寒初至。
九重^④开扇鹄^⑤,四牖炳灯鱼^⑥。
忌觥无算酌。
倾盌^⑦更为寿,深卮递酬宾。

【题解】

以上诗句皆见于唐白居易原本、宋孔传续撰的《白孔六帖》。《六帖》三

23

十卷,唐白居易撰。《后六帖》三十卷,宋知抚州孔传撰。合两书计之,总为六十卷。此本编两书为一书,不知何人之所合。全书共一百卷。南宋缺名编。又作一百卷,亦不知何人之所分。在《白氏六帖事类集》的宋本未影印前,人们用的只有这《白孔六帖》,但其中孔续部分多诗文。李煜的这几句诗是作为名言佳句被收录其中的。"乌照始潜辉,龙烛便争秉"见卷一"日门"。"凝珠满露枝"见卷二"露门"。"游飏日已西,肃穆寒初至"见卷四"寒门"。"九重开扇鹄,四牖炳灯鱼"见卷十四"灯烛门"之灯鱼条。"忌觞无算酌"、"倾盌更为寿,深卮递酬宾"三句见于卷五十九"宴门"。

【注释】

①乌照:指日照,日光。

②龙烛:以龙为饰之烛。唐刘禹锡《观舞柘枝》诗之一:"神飙猎红蕖,龙烛然金枝。"

③肃穆:指事物所产生的气氛,使人有凛然之感。

④九重:指宫禁。古制,天子之居有门九重,故称。《楚辞·九辩》:"君之门以九重。"南唐徐铉《纳后夕侍宴又三绝》之一:"四海未知春色至,今宵先入九重城。"

⑤扇鹄:指雕刻有天鹅图案的宫门。唐郑锡《长乐钟赋》:"及夫鸡人未唱,鹄钥犹封,星翻南陆,月挂西峰。"其中鹄钥指门锁,其形似鹄,故称。

⑥灯鱼:即鱼灯。鱼灯呈鲤鱼状,用竹篾绑扎,裱糊白纸绘制而成,内燃蜡烛。

⑦盌:古文同"碗"。本义小盂。

乙卷

全词新编

渔　父

　　浪花①有情②千里③雪,桃李无言④一队春。一壶酒,一竿身⑤,快活⑥如侬有几人。

【题解】

　　渔父,本名渔歌子。《词谱》云:唐教坊曲名。按《唐书·张志和传》曰:"志和居江湖,自称烟波钓徒。每垂钓,不设饵,志不在鱼也,宪宗图真求其人,不能致。尝撰渔歌,即此调也。"《花草粹编》调下有题"题供奉卫贤春江钓叟图"。

　　据《诗话总龟》,渔父词是李煜的题画词作。写作年代当在早期,他还未即皇帝位。《南唐书·后主本纪》:"文献太子恶其有奇表,从嘉避祸,惟覃思经籍。"文献太子为了保住自己的继承权,曾用毒酒杀害自己的叔父,他更妒忌弟弟从嘉(即李煜)的才干。鉴于此,李煜为了远祸全身,很少出头露面,在表面上表现出一副与世无争、快意山水的样子。这两首《渔父词》反映的就是他这个时期的心态。

【注释】

　　①浪花:《诗话总龟》、《历代诗余》、《全唐诗》作"浪花"。《花草粹编》作"阆苑"。

　　②情:《诗话总龟》、《历代诗余》、《全唐诗》作"意"。

　　③里:晨本《二主词》补遗引彭元瑞《五代史注》作"重"(其他异文与《诗话总龟》等相同者不另校)。《花草粹编》作"里"。

　　④桃李无言:桃树不招引人,但因它有花和果实,人们在它下面走来走去,走成了一条小路。比喻人只要真诚、忠实,就能感动别人。《史记·李将军列传》:"谚曰:'桃李不言,下自成蹊。'此言虽小,可以喻大也。"李,《诗话总龟》、《历代诗余》、《全唐诗》作"花"。

⑤身:《诗话总龟》作"麟"。

⑥快活:《花草粹编》、《诗话总龟》、《历代诗余》作"快活"。其他诸本作"世上"。

【汇评】

阮阅:"予尝于富商高氏家,观贤画盘车水磨图,及故大丞相文懿张公第,有春江钓叟图,上有南唐李煜金索书《渔父词》二首。"(《诗话总龟》)

渔 父

一棹①春风一叶舟,一纶②茧缕一轻钩。花满渚③,酒盈④瓯⑤,万顷波中得自由。

【题解】

王国维辑本《南唐二主词》校勘记:右二阕见《全唐诗》、《历代诗余》,笔意凡近,疑非李后主作也。彭文勤《五代史》注引《翰府名谈》张文懿家有《春江钓叟图》,卫贤画,上有李后主《渔父词》二首云云。此即《全唐诗》、《历代诗余》之所本,但字句小有不同,兹从《五代史》注所引改正。

这首词的写作背景与上一首相同,也是表现了作者的避祸之心和遁世之思。据《十国春秋》卷十九《列传》:"弘茂,幼颖异,善歌诗,格调清古。年十四,为侍卫诸军都虞侯,封安乐公。初,文献太子刚果,人多惮之,故时望归弘茂。保大九年七月薨,追封庆王。"又据《南唐书·后主本纪》:"后主为人仁惠,有慧性,雅善属文,工书画,知音律。广额丰颊,骈齿,一目重瞳子。文献太子恶其有奇表,从嘉避祸,惟覃思经籍。历封安定郡公、郑王。文献太子薨,徙吴王,以尚书令知政事,居东宫。"据此可知,文献太子先是嫉恨弘茂,后嫉恨从嘉(即李煜)。所以,李煜一直小心翼翼,埋首典籍。直至文献太子去世后,情形才有好转。

以上二首《渔父词》,《花草粹编》、《全唐诗》、《历代诗余》均作李后主词。《花草粹编》并加题曰"题供奉卫贤春江钓叟图"。

【注释】

①棹:划船的工具,短的叫楫,长的叫棹。

②纶:比较粗的丝。《五代名画补遗》误作"轮"。

③渚:水中小块陆地。

④盈:《五代名画补遗》作"盈"。此外各本作"满"。

⑤瓯:小盆。

【汇评】

宋·俞成:杜诗:"丹霞一缕轻。"李后主《渔父》词:"茧缕一钩清。"(按,与原诗不符)胡少汲诗:"隋堤烟雨一帆轻。"至若饶人于渔父则曰:"一蓑烟雨。"于农夫则曰:"一犁春雨。"于舟子则曰:"一篙春水。"皆曲尽形容之妙也。(《萤雪丛说》)

宋·刘道醇:卫贤,京兆人。仕南唐为内供奉,初师尹继昭,后刻苦不倦,卒学吴生,长于楼观殿宇,盘车水磨,于时见称。予尝于富商高氏家,观贤画《盘车水磨图》,及故大丞相文懿张公第,有《春江钓叟图》,上有南唐李煜金索书《渔父词》二首。(《五代名画补遗》)

浣溪沙

红日①已高三丈②透,金炉③次第添香兽④,红锦地衣⑤随步皱⑥。

佳人舞点⑦金钗溜⑧,酒恶⑨时拈⑩花蕊嗅,别殿遥闻⑪箫鼓奏。

【题解】

《全五代诗》题作"浣溪沙曲"。又调名下吴讷《百家词》旧抄本、吕远本、萧江声抄本《南唐二主词》均注:"此词见《西清诗话》。"

"浣溪沙",唐教坊曲,为每句七字"浣溪纱"之别体。"沙"字应是"纱"误,但已沿用至今,不必深究。此调有数名,一名"山花子"(《词谱》),一名"填字浣溪沙"(《梅苑》),一名"摊破浣溪沙"(《乐府雅词》),结句破七字为十字,故曰"摊破"。一般"浣溪沙"押平声韵,此首押仄声韵,又是一体。

"词"吴本、侯本《二主词》作"诗"。侯本《二主词》此注在词后。晨本无此注,误附上首后。

【注释】

①红日:《类说》、《诗人玉屑》、《诗话总龟》、《西清诗话》、刘斧《摭遗》、《扪虱新话》各本所引作"帘日"。

②三丈:《类说》卷三十五引刘斧《摭遗》作"丈五"。

③金炉:《诗话总龟》作"佳人"。

④香兽:用香料做成兽形的炭。见《晋书·羊琇传》。

⑤地衣:类似今天的地毯。

⑥皱:明刻本《类说》卷三十四误作"雏",当为"皱"。

⑦舞点:舞彻,舞到极致。萧江声抄本《南唐二主词》作"舞急"。《西清诗话》、刘斧《摭遗》均作"舞彻"。粟香室覆侯本《南唐二主词》篇末注:"案:'点'疑当作'飐'。"吕本《二主词》作"黜"。《类说》、《诗人玉屑》、《诗话总龟》作"彻"。

⑧溜:滑过。

⑨酒恶:方言,意为喝酒至醉。恶:《诗话总龟》作"渥"。

⑩拈:吴本、侯本《二主词》作"沾"(粟本仍作"拈")。《扪虱新话》作"将"。

⑪遥闻:《西清诗话》、《类说》卷三十四引刘斧《摭遗》、《扪虱新话》均作"时闻",《古今诗话》、《诗人玉屑》、《诗话总龟》均作"微闻",《类说》卷五十六引《古今诗话》、《诗人玉屑》、《诗话总龟》作"微闻"。

【汇评】

宋·赵令畤:金陵人谓中酒曰酒恶,则李后主诗云"酒恶时拈花蕊嗅",用乡人语也。(《侯鲭录》卷八)

宋·李颀：诗源于心，贫富愁乐，皆系其情。江南李氏宫中诗曰："红日已高三丈透"（下略）与夫"时挑野菜和根煮，乱斫生柴带叶烧"异矣。（《古今诗话》欧公云，引见郭绍虞《宋诗话辑佚》）

宋·陈善：帝王文章自有一般富贵气象。（《扪虱新话》）

又：予观李氏据江南全盛时，宫中诗云云（略）。议者谓与"时挑野菜和根煮，旋斫生柴带叶烧"者异矣。然此尽是寻常说富贵语，非万乘天子体。予盖闻太祖一日与朝臣议论不合，叹曰："安得如桑维翰者，与之谋事？"左右曰："纵维翰在，陛下亦不能用之。"盖维翰爱钱。太祖曰："穷措大眼小，赐与十万贯，则塞破屋子矣。"以此言之，不知彼所谓金炉、香兽、红锦地衣，当费得几万贯。此语得无是措大家眼孔乎？（《扪虱新话》）

清·贺裳：写景文工者，如尹鹗"尽日醉寻春，归来月满身"，李重光"酒恶时拈花蕊嗅"，……入神之句。（《皱水轩词筌》）

清·沈雄：李后主用仄韵，"红日已高三丈透……"，固是绝唱。（《古今词话·词辨》卷上）

木兰花

晚妆①初了明肌雪，春殿嫔娥鱼贯列②。笙箫吹断水云间③，重按霓裳歌遍彻④。

临春谁更飘香屑⑤，醉拍阑干情味切⑥。归时休放烛花红⑦，待踏马蹄清夜月⑧。

【题解】

此词又传为曹勋作，见《松隐文集》。又《南唐二主词》原注云："传自曹功显节度家。"又云："墨迹旧在京师梁门外李王寺。"疑曹勋尝书此词，后人遂以为勋作也。

《全唐诗·附词》作"木兰花"，注："一名'玉楼春'，一名'春晓曲'，一名

'惜芳容'。"

【注释】

①晚妆:《全五代诗》作"晓妆"。

②殿:《松隐文集》作"破"。"嫔":《海山仙馆丛书》本《词苑丛谈》作"嫦"。鱼贯:形容前后接连着,像鱼群游动一样。

③笙:《古今词统》、《古今诗余醉》、《词综》、《历代诗余》、《全唐诗》、《词谱》、《词林纪事》作"凤"。箫:《花草粹编》作"歌"。吹:《古今词统》、《古今诗余醉》、《词综》、《历代诗余》、《全唐诗》、《词谱》、《词林纪事》作"声"。间:吴讷本、吕远本、侯文灿本《二主词》空格,《草堂诗余》、《花草粹编》、《尧山堂外纪》、《词的》、《古今词统》、《词综》、《全唐诗》、《历代诗余》、《词林纪事》作"闲",《松隐文集》作"中"。

④霓裳:指唐代著名舞曲《霓裳羽衣曲》。开元中河西节度使杨敬忠进献。经唐玄宗润律并制歌辞。白居易《琵琶行》:"轻拢慢捻抹复挑,初为《霓裳》后《绿腰》。"安史乱后,其音遂绝。后主独得其谱,由大周后变易讹谬,繁手新音,清越可听。南唐亡,李煜焚烧了此曲谱。到了南宋年间,姜夔发现商调《霓裳曲》的乐谱十八段。这些片断还保存在他的《白石道人歌曲》里。遍:又名"大遍",唐宋大曲用语,大曲一叠名一遍。王灼《碧鸡漫志》卷三:"凡大曲有散序、靸、排遍、撷、正撷、入破、虚催、实催、衮遍、歇指、杀衮,始成一曲,此谓大遍。"

⑤春:《松隐文集》、《古今词统》、《词综》、《历代诗余》卷一百十三、《全唐诗》、《词谱》、《词林纪事》作"风"。郑骞《词选》注:李宫中有临春阁,恐非是。前已有"春殿",重"春"字未妥。香屑:香料粉末。《香谱》记载李后主曾自制"帐中香",取各种香料研成屑,便"芬郁满室"。

⑥味:《南唐二主词》以外,《妙选草堂诗余》、《花草粹编》等各本都作"未"。

⑦时:《弇州山人词评》、《古今词话》词话卷上引王弇州作"来"。休:吕远本《二主词》误作"体"。休放:晨风阁《二主词》、《弇州山人词评》、《古今诗余醉》、《词综》、《历代诗余》、《词苑丛谈》、《全唐诗》、《词谱》、《词林纪事》作"休放",吴讷《百家词》旧抄本、吕远本、侯文灿本、萧江声抄本《南唐二主

词》、妙选、类编《草堂诗余》、《花草粹编》、玄览斋本《花间集》作"休照"。烛花:晨风阁《南唐二主词》作"烛光"。

⑧踏:吴讷《百家词》旧抄本、吕远本、侯文灿本、萧江声抄本《南唐二主词》、妙选、类编《草堂诗余》、《花草粹编》、玄览斋本《花间集》作"放"。

【汇评】

宋·马令:后主昭惠后周氏,小字娥皇,大司徒宗之女,甫十九岁,归于王宫。通书史,善音律,尤工琵琶。乐工曹生亦善琵琶,按谱粗得其声,而未尽善也。唐之盛时,霓裳羽衣最为大曲,罹乱,瞽师旷职,其音遂绝。后主独得其谱。(节)后辄易讹谬,颇去泆淫,繁手新音,清越可听。(《南唐书》卷六《女宪传》)

宋·洪刍:后主自制帐中香,以丁香沉香及檀麝各一两,甲香一两,皆细研成屑,取鹅梨汁蒸干焚之,芬郁满室。故下段首句云"风飘香屑",殆即帐中香也。其"清夜月"结句,极清之致。(《香谱》)

宋·王灼:李后主作《昭惠后诔》云:"《霓裳羽衣曲》,绵兹丧乱,世罕闻者,获其旧谱,残缺颇甚,暇日与后详定,去彼淫繁,定其缺坠。"(《碧鸡漫志》卷三)

宋·胡仔:此曲世无谱,好事者每惜之。《江表志》载周后独能按谱求之。徐常侍铉有《听霓裳以诗》云:"此是开元太平曲,莫教偏作别离声。"则江南时犹在也。(《苕溪渔隐丛话》前集卷二四)

明·沈际飞:此驾幸之词,不同于宫人自叙。"莫教踏碎琼瑶","待踏清夜月",总是爱月,可谓生瑜生亮。……侈纵已极,那得不失江山?《浪淘沙》词即极清楚,何足赎也。(《草堂诗余正集》卷一)

明·茅暎:风流帝子。(《词的》卷二)

明·李于麟:上叙凤辇出游之乐,下叙鸾舆归来之乐。(《南唐二主词》汇笺引语)

明·王世贞:"归路"二句,致语也。(徐珂《历代词选集评》引语)

明·李廷机:人主叙宫中之乐事自是亲切,不与他词同。(《草堂诗余评林》卷三)又:"醉拍阑干情未切",此乃做出宫人愁叹之状。(《新刻注释草堂诗余评林》)

清·吴任臣：昭惠国后周氏，小字娥皇，司徒宗之女。十九岁归皇宫。通书史、善歌舞，尤工琵琶，尝为寿元宗前，元宗叹其工，以烧檀琵琶赐之，盖元宗宝惜之器也。后于采戏、弈棋，靡不绝妙。……后主嗣位，册立为国后，宠嬖专房。创为高髻纤裳及首翘鬖朵之妆，人皆效之。常雪夜酣燕举杯请后主起舞，后主曰："汝能创为四声，则可矣。"后即命笺缀谱，喉无滞音、笔无停思。俄顷谱成，所谓《邀醉舞破》也。毛氏《填词名解》云："《邀醉舞破》调，今不传。"又有《恨来迟破》，亦后所制。故唐盛时，《霓裳羽衣》最为大曲。乱离之后，绝不复传，后得残谱，经琵琶奏之，于是开元、天宝之遗音复传于世。内史舍人徐铉闻之于国工曹生，铉亦知音，问曰："法曲终则缓，此声乃反急，何也？"曹生曰："旧谱实缓，宫中有人易之，非吉征也。"后主以后好音律，因亦耽嗜，废政事。监察御史张宪切谏，赐帛三千尺。以旌敢言，然不为辍也。（《十国春秋》卷一八）

清·徐釚：李后主宫中未尝点烛，每至夜则悬大宝珠，光照一室如日中，尝赋《玉楼春》宫词云（略）。王阮亭南唐宫词云："花下投签漏滴壶，秦淮宫殿浸虚无。从兹明月无颜色，御阁新悬照夜珠。"极能道其遗事。（《词苑丛谈》卷六）

清·许昂霄：《玉楼春》，"重按霓裳歌遍彻"，《霓裳曲》十二遍而终，见香山诗自注。"临风谁更飘香屑"，"飘香屑"，疑指落花言之。（《词综偶评》）

清·谭献：豪宕。（《复堂词话》）

清·陈廷焯：风雅疏狂，失人君之度矣。（《云韶集》卷二四）

一斛珠

晓妆初过①，沈檀轻注些儿箇②。向人微露丁香颗③。一曲清歌，暂④引樱桃破⑤。

罗袖裛⑥残殷色可，杯深旋被香醪⑦浥⑧。绣床⑨斜凭娇无那⑩。烂嚼红茸⑪,笑向檀郎⑫唾⑬。

【题解】

《尊前集》注"商调"。《词的》、《古今诗余醉》、《古今词统》题作"咏佳人口"。《历代诗余》题作"咏美人口"。《清绮轩词选》卷六题作"美人口"。

一斛珠,又名"醉落魄"、"怨春风"、"章台月"等。双调五十七字,仄韵。据旧题曹邺小说《梅妃传》载:谓唐玄宗既宠杨贵妃,遂疏梅妃。会夷使至,献珍珠。上封珍珠一斛密赐江妃。妃不受,以诗谢,曰:柳叶双眉久不描,残妆和泪污红绡。长门自是无梳洗,何必珍珠慰寂寥。玄宗览诗不乐,令乐府以新声度之,名《一斛珠》,曲名始此。

【注释】

①晓:《花间粹编》、《词的》、《诗余图谱》、《花间集补》、《古今词统》、《历代诗余》、《全唐诗》、《词谱》作"晚"。

②沈檀:指妆饰用的颜料。色深而带润泽者叫"沉(沈)",浅绛色叫"檀"。唐、宋妇女闺妆多用之,或用于眉端,或用在口唇上。些儿箇:唐时口语,一些,一点点。沈:《醉翁琴趣外编》作"浓"。"箇":《醉翁琴趣外编》作"个"。

③丁香:常绿乔木。又因其形,名曰鸡舌香,常被用作代称女子的舌。颗:牙齿。向:《醉翁琴趣外编》作"见"。人:吴讷本、侯文灿本《二主词》注"缺一字"。丁:《花间集补》误作"了"。

④暂:《醉翁琴趣外编》作"渐"。

⑤樱桃:女子嘴娇小红润像樱桃,故称。白居易诗曰:"樱桃樊素口,杨柳小蛮腰。"

⑥裛(yì):香气熏染侵袭

⑦香醪:香酒。醪是滋渣相混的醇酒。醪:《词的》、《花间集补》误作"胶"。

⑧涴(wò):污染。《醉翁琴趣外编》作"污"。

⑨绣床:妇女将较大绣件绷在架子上,俗称"绷子",古言"绣床",工作

时,人坐于前,高约齐胸。

⑩娇无那:无限娇柔的样子。娇:《醉翁琴趣外编》作"情"。

⑪红茸:红色的绒线。烂:《醉翁琴趣外编》作"乱"。茸:吕本《二主词》、吴讷《唐宋名贤百家词》本《尊前集》作"绒"。

⑫檀郎:晋潘安,小字檀奴。檀喻其香。妇女对丈夫或恋人美称檀郎。《花间集补》夺此字。

⑬唾:萧本《二主词》作"吐"。"唾"、"吐"异韵,萧本此字必误。

【汇评】

明·沈际飞:后主、炀帝辈,除却天子不为,使之作文士荡子,前无古,后无今。(《草堂诗余别集》卷二)

明·卓人月:徐士俊云,天何不使后主现文士身而必予以天子位,不配才,殊为恨恨。(《古今词统》卷八)

明·潘游龙:描画精细,绝是一篇上好小题文字。(《古今诗余醉》卷一二)

清·李渔:李后主《一斛珠》之结句云:"绣床斜倚娇无那。烂嚼红茸,笑向檀郎唾。"此词亦为人所竞赏。予曰:此娼妇倚门腔,梨园献丑态也。(节)不料填词之家,竟以此事谤美人。而后之读词者,又只重情趣,不问妍媸,复相传为韵事,谬乎不谬乎。无论情节难堪,即就字句文浅者论之,烂嚼打人诸腔口,几于俗杀,岂雅人词内所宜。(《窥词管见》)

清·贺裳:词家多翻诗意入词,虽名家不免。吾常爱李后主《一斛珠》末句云:"绣床斜凭娇无那。烂嚼红茸,笑向檀郎唾。"杨孟载《春绣》绝句云:"闲情正在停针处,笑嚼红绒唾碧窗。"此却翻词入诗,弥子瑕竟效颦于南子。(《皱水轩词筌》)

清·李佳:李后主词"烂嚼红绒,笑向檀郎唾"。李易安词"倚门回首,却把青梅嗅"。汪肇麟词"待他重与画眉时,细数郎轻薄"。皆酷肖小儿女情态。(《左庵词话》卷下)

清·陈廷焯:风流秀曼,失人君之度矣。又《云韶集》卷一:画所不到,风流秀曼,失人君之度矣。(《词则·闲情集》卷一)

采桑子

亭前春逐红英尽^①，舞态徘徊。细雨霏微^②，不放双眉时暂开。

绿窗冷静芳音断^③，香印^④成灰。可奈^⑤情怀，欲睡朦胧入梦来。

【题解】

《尊前集》注"羽调"。《花草粹编》、《续选草堂诗余》、《古今诗余醉》题作"春思"。

采桑子：《全唐诗》原名《采桑子》，为唐教坊大曲。又名《杨下采桑》。

【注释】

①亭：晨本《二主词》作"庭"。

②细：吕本《二主词》空格。萧本《二主词》作"零"。刘继增《南唐二主词笺》云"云旧钞本作'零'"。微：《尊前集》作"霏"。各本《尊前集》作"霏霏"，吴讷《唐宋名贤百家词》本误作"非非"。

③音：晨本《二主词》作"英"。吴讷《唐宋名贤百家词》本《尊前集》作"春"。

④香印：打上印的香。元稹《和友封题开善寺十韵》诗："香印白灰销。"

⑤奈：《花草粹编》作"赖"。吴本《二主词》误作"奎"。

【汇评】

清·陈廷焯：幽怨。(《词则·别调集》卷一)

清平乐

别来春半，触目柔肠断①。砌下②落梅如雪乱，拂了一身还满。

雁来音信无凭，路遥归梦难成。离恨恰③如春草，更行更远还生。

【题解】

此词在《草堂诗余续集》、《古今诗余醉》调下有题"忆别"，词也是怀人之作。作者构造了一幅落梅如雪，芳草萋萋的春景，表达了他思念远人的缭乱心情以及绵长的离恨。这首词又传为宋曹勋作，见《松隐文集》卷四十，王仲闻已辨其非。

清平乐，原为唐代教坊曲名，后用为词牌。双调，四十六字。又名"清平乐令"、"醉东风"、"忆萝月"。

【注释】

①柔：吴本、吕本、侯本、《尊前集》、《花庵词选》、《花草粹编》、《全唐诗》等并作"愁"。

②砌下：台阶下。下：《词苑英华》、《尊前集》作"半"。

③恰：《尊前集》作"怯"，《草堂诗余续集》、《古今诗余醉》、《古今词统》作"却"。

【汇评】

清·谭献："泪眼问花花不语，乱红飞过秋千去"，与此同妙。（《谭评〈词辨〉》卷二）

清·陈廷焯：欧阳公"离愁渐远渐无穷，迢迢不断如春水"，从此脱胎。（《云韶集》卷一）

明·卓人月:徐士俊云:末二句从杜诗"江草唤愁生"句来。(《古今词统》卷五)

沈际飞云:是"恨如芳草,划尽还生"稿子。(《南唐二主词汇笺》引语)

喜迁莺

晓①月堕②,宿云③微,无语枕频欹④。梦回芳草思⑤依依,天远雁声稀。

啼莺散,余花⑥乱,寂寞画堂深院⑦。片红休扫尽从伊,留待舞人归。

【题解】

《词谱》:喜迁莺,又名"鹤冲天"、"万年枝"、"春光好"、"今燕归来"、"早梅芳"、"喜迁莺令"、"烘春桃李"。双片一百零三字,前后片各五仄韵。另有平仄韵转换变格。

【注释】

①晓:侯文灿本《南唐二主词》作"晚"。

②堕:吴讷《百家词》旧抄本、吕远本、侯文灿本、萧江声抄本《南唐二主词》、《尊前集》、《花草粹编》作"坠"。

③云:《尊前集》、《历代诗余》、《词谱》作"烟"。

④枕频欹:坐起又躺下,频频起动。欹:通"倚"。频:吴本、侯本、晨本《二主词》、《花草粹编》作"冯",粟本《二主词》注"冯疑当作频"。吕远本、萧江声抄本《尊前集》、《历代诗余》、《全唐诗·附词》作"凭"。

⑤芳草:喻所思念的女子。思:汲古阁《词苑英华》本《尊前集》无此字。

⑥余花:残花。

⑦院:吴本《尊前集》误作"浣"。

菩萨蛮

花明月暗笼轻雾①，今朝好向郎边去②！刬袜步香阶③，手提金缕鞋④。

画堂南畔见⑤，一向⑥偎人颤。奴⑦为出⑧来难，教⑨君恣意⑩怜。

【题解】

据马令《南唐书》记载，这首词是写小周后当日与李煜宫中幽会的情景。《菩萨蛮》，唐教坊曲，《宋史·乐志》、《尊前集》、《金奁集》并入"中吕宫"，《张子野词》作"中吕调"。唐苏鹗《杜阳杂编》："大中（847—859）初，女蛮国贡双龙犀，明霞锦，其国人危髻金冠，璎络被体，故谓之菩萨蛮。当时倡优，遂歌菩萨蛮曲，文士亦往往效其词。"（见《词谱》卷五引）《唐音癸签》、《南部新书》略同。又《北梦琐言》："宣宗爱唱菩萨蛮词，令狐丞相假飞卿所撰密进之，戒以勿泄。"唐时俗称美女为菩萨，菩萨蛮亦称女蛮。女蛮国派遣使者进贡，她们身上披挂着珠宝，头上戴着金冠，梳着高高的发髻，号称菩萨蛮队。当时教坊，谱作曲词，遂为词名。后杨升庵改蛮为鬘，失其本矣。后人又名为"重叠金"、"子夜歌"、"花间意"、"巫山一片云"等，非特于词名来源无涉，且"子夜歌"另有正调，而"巫山一片云"更易与别调"巫山一段云"相混，殊属无取。

"菩萨蛮"为词调中之最古者，属小令，共四十四字，以五七言组成；通篇两句一韵，凡四易韵，前后片各两仄韵，两平韵，平仄递转。第一、二句即为七言仄句。第三句为仄起之五言句，换用平韵。第四句为五言拗句。后半第一句为平起仄韵之五言句。第二句为仄起仄韵之五言句。第三、四句与前半第三四句同。感情基调由紧促转低沉。

本首《菩萨蛮》见《尊前集》，《杜寿域词》亦有此篇而文少（稍）异。调作

"子夜啼"。侯本《二主词》此注在词后，少《杜寿域词》以下十二字。"少"晨本《二主词》作"稍"。汲古阁本《尊前集》注"一本别见或作'菩萨蛮'"。《词综》调作"子夜"。《花草粹编》题作"与周后妹"。《词的》、《续选草堂诗余》、《古今诗余醉》作"闺思"。《古今词统》作"幽欢"。

【注释】

①笼：吴本、侯本《二主词》、《花草粹编》、《续选草堂诗余》、《古今诗余醉》、《古今词统》、《词苑丛谈》、《古今词话》、《历代诗余》作"飞"（《词综》注"一作'飞'"）。《词的》作"水"。笼轻：《寿域词》作"朦胧"。

②朝：晨本《二主词》、《尊前集》、《词的》、《古今词统》、《词综》、《词苑丛谈》、《古今词话》、《历代诗余》、《全唐诗》、《词林纪事》作"宵"。吴讷《唐宋名贤百家词》本《尊前集》误作"霄"。今朝好向：《寿域词》作"此时欲往"。

③刬（chǎn）袜：只穿着袜子。刬：马令《南唐书》卷六作"补"。《花草粹编》注《南唐书》作"衩"。《词综》注"一作衩"。步：吕本《二主词》作"出"。《历代诗话》、《寿域词》作"下"。阶：《尊前集》作"苔"。《词综》注"一作苔"。

④提：《寿域词》作"携"。

⑤堂：《古今词话》、《历代诗余》作"阑"。画堂南：《寿域词》作"药阑东"。畔：吴讷《唐宋名贤百家词》本《尊前集》误作"伴"。

⑥一向：片刻。向：侯本《二主词》、《古今词统》、《词综》、《词苑丛谈》、《古今词话》、《历代诗余》、《全唐诗》、《词林纪事》作"晌"。一向：《寿域词》作"执手"。偎：《古今诗余醉》作"畏"。人：吴讷《唐宋名贤百家词》本《尊前集》缺此字。

⑦奴：《尊前集》、《词综》、《全唐诗》作"好"。《词综》注"一作'奴'"。

⑧出：《花草粹编》作"去"。《词综》注"一作'去'"。

⑨教：《寿域词》作"从"。君：晨本《二主词》、《词苑丛谈》作"郎"。

⑩恣意：纵情，随心任意。

【汇评】

宋·马令：后主继室周氏，昭惠之母弟也。警敏有才思，神采端静。昭惠感疾，后常出入卧内，而昭惠未之知也。一日，因立帐前，昭惠惊曰："妹在此耶？"后幼，未识嫌疑，即以实告曰："既数日矣！"昭惠恶之，返卧不复顾。昭惠殂，后未胜礼服，待年宫中。明年，钟太后殂，后主丧服，故中宫位号久而未正。至开宝元年，始议立后为国后。（节）后自昭惠殂，常在禁中。后主乐府词有"刬袜步香阶，手提金缕鞋"之类，多传于外，至纳后，乃成礼而已。翌日，大宴群臣，韩熙载以下，皆为诗以讽焉，而后主不之谴。（《南唐书》卷六《女宪传》）

宋·蔡居厚：后主继后周氏，昭惠后女弟。开宝元年，册立行亲迎礼，民间观者万人。先是后寝疾，小周后已入宫中，后偶褰幔见之，怨至死，面不外向。后主制《乐府》，艳其事，词云："花明月暗笼轻雾（下略）。"词甚狎昵，颇传于外，至纳后，乃成礼而已。翌日大宴群臣，韩熙载以下皆作诗讽焉，而后主不之谴也。徐铉有《纳后夕侍宴诗》云："时平物茂岁功成，重翟排云到玉京。四海未知春色至，今宵先入九重城。"又："银烛金炉禁漏移，月轮初照万年枝。造舟已似文王事，卜世应同八百期。"（引见郭绍虞《宋诗话辑佚》）（《诗史》）

明·卓人月：徐士俊云："花明月暗"一语，珠声玉价。（《古今词统》卷五）

明·潘游龙：结语极俚极真。（《古今词余醉》卷一○）

明·茅暎：竟不是作词，恍如对话矣。（《词的》卷一）

清·沈雄下引孙琼评："感郎不羞赧，回身向郎抱。"六朝乐府便有此等艳情，莫诃词人轻薄。……李后主词"奴为出来难，教君恣意怜"。正见词家本色，但嫌意态之不文矣。（《古今词话·词品》）

清·李调元：杜安世词多袭前人，《寿域词》一卷，殊无足观。如《菩萨蛮》："花明月暗朦胧雾。此时欲往侬边去。刬袜下香阶，手携金缕鞋。药阑东畔见。执手偎人颤。奴为出家难。从君恣意怜。"此南唐李后主词，为小周后而作也，脍炙人口已久，略改数字，窜人己集，不顾羞耻。（《雨村词话》卷二）

清·吴任臣：后少以戚里，间人宫掖，圣尊后绝怜爱之。后主制乐府，艳其事，有"刬袜金缕鞋"之句，辞甚狎昵，颇传于外。至纳后，乃成礼而已。翌日大蒸群臣，韩熙载以下皆作诗讽焉，而后主不之谴也。（《古今风谣》载：后主时，江南童谣曰："索得娘来忘却家，后园桃李不生花。猪儿狗儿都死尽,养得猫儿患赤瘕。""娘来"谓再娶周后也;"猪狗死"谓尽戊亥年也;"赤瘕"目病,猫有目病不能捕鼠,谓不见丙子之年也。)(《十国春秋》卷一八)

清·许昂霄:《子夜》,情真景真,与空中语自别。(《词综偶评》)

清·吴衡照:妇人缠足,南唐后主时窅娘外,别无闻焉。吾乡周斌侯(兼)善画士女,尝写《小周后提鞋图》,于指间挂双红作纤纤状,颇属杜撰。图为赏鉴家所重,当时如初白、樊榭,前后题咏,具载本集。"许蒿庐(昂霄)诗云:"弱骨丰肌别样姿,双鬟初绾发齐眉。画堂南畔惊相见,正是盈盈十五时。""多少情惊色色传,今宵划袜向郎边。莫愁月黑帘栊暗,自有明珠彻夜悬。""正位还当开宝初,玉环旧恨问何如。任教褰幔工相炷,博得鳏夫一纸书。""一首新词出禁中,争传纤指挂双弓。不然谁晓深宫事,尽取春情付画工。"张寒坪(宗楠)诗云:"教得君王恣意怜,香阶微步发垂肩。保仪玉貌流珠慧,输尔承恩最少年。""别恨瑶光付玉环。谏词酸楚自称鳏。岂知划袜提鞋句,早唱新声《菩萨蛮》。""花明月暗是良媒,谁道深宫侍疾来。惊问可怜人返卧,心知不解避嫌猜。""北征他日记匆匆,无复珠翘鬓朵工。一白宫门随例入,为渠宛转避房栊。"按,元人又有《太宗逼幸小周后图》,惜斌侯未之仿也。(《莲子居词话》卷三)

清·俞正燮:以手提鞋语证之,则划袜是光脚不履,仅有袜耳。划,如骑马之划。(《癸巳存稿》卷四)

清·张宗橚:海昌马衍斋先生,曾令画工周兼写南唐小周后提鞋图,一时题咏甚众。(《词林纪事》卷二)

清·陈廷焯:"划袜"二语,细丽。"一晌"妙,香奁词有此,真乃工绝。后人着力描写,细按之,总不逮古人。又《词则·闲情集》卷一:荒淫语,十分沉至。(《云韶集》卷一)

清·张德瀛:南唐李后主留意声色,先纳周宗女为后,后通书,善音律,《霓裳羽衣曲》久绝不传,后按残谱,尽得其声调,徐游等从旁称美,有狎客风。后有妹,姿容绝丽,以姻戚往来宫中,得幸于唐主。唐主制小令艳词,颇传于外。后卒,竟立之,被宠逾于故后,词即《菩萨蛮》《花明月暗》一阕,后人亦载诸《寿域词》,而更易其数字焉。按陆游《南唐书》后主周后传,后卒于瑶光殿,年二十九,葬懿陵。后主哀甚,自制诔,刻之石,与后所爱金屑檀槽琵琶同葬,又作书燔之与诀,自称"鳏夫煜",其辞数千言,皆极酸楚。(《词徵》卷五)

菩萨蛮

蓬莱院闭天台女①,画堂昼寝人无②语。抛枕翠云光,绣衣闻异香。

潜来珠锁③动,惊觉银屏④梦。脸慢⑤笑盈盈,相看无限情。

【题解】

见上首同题词。

【注释】

①蓬莱:仙山名。《史记·封禅书》:"蓬莱、方丈、瀛洲,此三神山者,相传在渤海中,去人不远;患且至,则船风引而去。盖尝有至者,诸仙人及不死之药皆在焉。"蓬莱院:此处指南唐宫院。天台女:仙女。天台:山名,在今浙江省天台县北。相传东汉刘晨、阮肇入天台山采药,遇二女,留住半年回家。子孙已历七世,乃知二女为仙女。

②人无:《南唐二主词》以外各本作"无人"。

③珠锁:女子身上佩带的珠玉一类的饰物。锁:萧本、晨本《二主词》作"琐"。

④银屏:室内床侧屏障物,如屏风或围屏。《历代诗余》、《全唐诗》作"鸳鸯"。

⑤脸慢:"慢"同"曼",光鲜细嫩。《花草粹编》、《历代诗余》、《全唐诗》作"慢脸"。

菩萨蛮

铜簧①韵脆锵寒竹②，新声慢奏移纤玉③。眼色暗相钩，秋④波横欲流。　　雨云⑤深绣户，未⑥便谐衷素。谳罢又成空，魂迷⑦春梦⑧中。

【题解】

从内容及艺术风格看，这首词与前两首应该是同时之作，大约也是写他和小周后约会的事。本词《草堂诗余续集》、《续选草堂诗余》、《古今词统》调下有题"宫词"。

【注释】

①铜簧：吹奏乐器中的铜制簧片，这里借指这种乐器。

②寒竹：竹制的乐器，如笛、箫之类。

③纤玉：纤细的如玉一般的手指。

④秋：《历代诗余》、《词林纪事》作"娇"。

⑤雨云：即"云雨"，男女欢合。典出宋玉《高唐赋》。

⑥未：《南唐二主词》、《花草粹编》以外各本作"来"。

⑦魂迷：吴讷《百家词》旧抄本、吕远本、侯文灿本《南唐二主词》、《词林万选》、玄览斋本《花间集》作"梦远"。萧本、晨本《二主词》、《花草粹编》作"魂迷"。

⑧春梦：吴本、萧本、侯本、晨本《二主词》、《花草粹编》作"春梦"。吕远本《南唐二主词》、《词林万选》、玄览斋本《花间集》作"春睡"。吕本《南唐二主词》校语云"'春雨'一作'睡'"。除《花草粹编》外，《词林万选》等选本亦俱作"睡"。

【汇评】

明·沈际飞：精切。后叠弱，可移赠妓。（《草堂诗余续集》卷上）

明·卓人月：徐士俊云：后主词率意都妙。即如"衷素"二字，出他人口便村。（《古今词统》卷五）

清·沈雄：词为继后作也。（《古今词话》，转引自俞陛云《南唐二主词辑述评》）

谢新恩

金窗力困[①]起还慵[②]。

【题解】

王仲闻《南唐二主词校订》有："以下六词墨迹在孟郡王家。"其中"六"，萧本《二主词》作"七"。其中"墨"，萧本、晨本《二主词》作"真"。侯本《二主词》此注在第六首后，作"以上六词真迹在孟郡王家"。孟郡王，即孟忠厚，字仁仲，《宋史》有传。

【注释】

①金窗：华美的窗。金窗力困：萧江声抄本《南唐二主词》误作"金刀窗困"。

②此句"慵"字下旧注："余阙。"刘继增云："此调起句七字，诸家无作平生者，《词谱》此句在第四阕中。"王国维亦谓此七字据《全唐诗》、《历代诗话》当在"新愁往恨何穷"句之下。误脱于此也。王仲闻《南唐二主词校订》案："此句，《花草粹编》卷七、《历代诗余》卷三十五、《全唐诗》第十二函第十册、《词谱》卷十俱以为第四首下半首中之一句，非也。《南唐二主词》据墨迹编录，云是六首。如以为第四首中一部分，则将少去一首，与原注不合。"

子夜歌

　　寻春须是先①春早,看花莫待花枝老。缥色玉柔擎②,醅浮盏面□③。

　　□□④频笑粲⑤,禁苑⑥春归晚。同醉⑦与闲评⑧,诗随羯鼓成⑨。

【题解】

　　子夜歌,又名"菩萨蛮"、"巫山一片云"。李煜并用"子夜歌"、"菩萨蛮"两词牌名。有两首"菩萨蛮",有两首"子夜歌"。这首词是写在春日禁苑里饮酒、赏花、赋诗的闲适生活。当是李煜早期身在宫廷之作。

【注释】

　　①先:《花草粹编》卷三、《全唐诗》第十二函第十册(词十一)引两首句作"阳"。

　　②缥色:淡青色,此处指青瓷酒壶。玉柔:洁白柔嫩,此处指女人的手。擎:举。吴本《二主词》误作"檠"。

　　③醅:未过滤的酒。□:清吴讷《百家词》旧抄本、侯文灿本、王国维辑本《南唐二主词》空一格。吕远本、萧江声抄本《南唐二主词》、《历代诗余》补"清"字。朱景行自《全唐诗》辑出的本子作"光"。

　　④□□:王国维辑本《南唐二主词》注:"二字磨灭不可认,疑是'何妨'字。"吕远本《南唐二主词》及《历代诗余》补"何妨"二字。注:"漫灭",吕本、晨本《二主词》作"磨灭"。

　　⑤粲:笑貌。吴讷本《二主词》误作"祭"。

　　⑥禁苑:帝王的园林。苑:《历代诗余》作"院"。

　　⑦同醉:朱景行自《全唐诗》辑出的本子作"闲醉"。

⑧评：吴讷本、侯文灿本、晨本《二主词》作"平"。

⑨羯鼓：一种乐器，据说来源于羯族，故云。杜佑《通典》："羯鼓，正如漆桶，两头俱击。以出羯中，故号羯鼓，亦谓之两杖鼓。"或曰：羯鼓两面蒙皮，腰部细，用公羊皮做鼓皮，因此叫羯鼓。它发出的音主要是古时十二律中阳律第二律一度。古时，龟兹、高昌、疏勒、天竺等地的居民都使用羯鼓。羯：吴讷本《二主词》作"揭"，《历代诗余》作"叠"。

采桑子

辘轳金井①梧桐晚，几树惊②秋。昼③雨新④愁。百尺虾须⑤在⑥玉钩。

琼窗春⑦断双蛾⑧皱，回首边头，欲寄鳞游⑨，九曲⑩寒波不泝流⑪。

【题解】

又作"丑奴儿令"，宋泽元校本《类编草堂诗余》注："一名'罗敷令'。"玄览斋本《花间集》调作"丑奴儿令"。《全五代诗》题作"罗敷艳歌"。《类编草堂诗余》、《花草粹编》、《啸余谱》调下题作"秋怨"。此词一作牛希济作，见《词林万选》卷四。《古今词统》注云："一刻晏小山。"然今传本晏几道《小山词》未载此词。侯文灿本《南唐二主词》将此词与《虞美人》并列，此注在《虞美人》词后，注其后云："以上二词墨迹在王季宫判院家。"则此词既有后主墨迹，当为李煜所作无疑。

【注释】

①金井：有雕饰之井，一般指宫苑中之井。

②惊：《词林万选》作"经"。

③昼：刘继增《南唐二主词》注："一作旧。"

48

④新：《草堂诗余》《词林万选》《啸余谱》作"和"。《花间集补》《古今词统》《历代诗余》《全唐诗》作"如"。《古今词统》注"如，一作和"。

⑤虾须：指帘子，是指帘子极精致细软如用虾须制成。唐陆畅《帘》："劳将素手卷虾须，琼室流光更缀珠。"

⑥在：《草堂诗余》《词林万选》《花草粹编》《啸余谱》《花间集补》《古今词统》《历代诗余》《全唐诗》作"上"。

⑦春：《词林万选》作"梦"。

⑧双蛾：女子的眉毛。蛾：《类编草堂诗余》《花草粹编》《花间集补》作"娥"。

⑨鳞游：这里指游鱼，是古诗鲤鱼传书的活用，典出汉乐府《饮马长城窟行》。鳞：吴本《二主词》误作"鲜"。游：吴讷本《二主词》夺此字，吕本空格。

⑩九曲：一般指黄河。曲：吴本、吕本、侯本《二主词》空格，萧本作"月"。

⑪沂流：就是逆流。

【汇评】

明·沈际飞：何关鱼雁山水，而词人一往寄情，煞甚相关。秦、李诸人，多用此诀。（《草堂诗余正集》）（《南唐二主词汇笺》引语）

明·李于麟：上"秋愁不绝浑如雨"；下"情思欲诉寄与鳞"。……"观其愁情欲寄处，自是一字一泪"。（《南唐二主词汇笺》引语）

明·徐士俊云：后主、易安直是词中之妖。恨二李不相遇。（《古今词统》卷四）

谢新恩

秦楼不见吹箫女①，空余上苑②风光。粉英③金蕊④自低昂⑤。东风恼我，缰⑥发一衿⑦香。

琼窗梦□留残日⑧，当年得恨何长！碧阑干外映垂杨。暂时相见，如梦懒⑨思量。

【题解】

这是一首追忆思念女子的小词。从词的风格看，这应该是李煜亡国前之作。

粟香室本《南唐二主词》注：案此词似有讹字。晨本《二主词》校勘记云："此首实《临江仙》调。"王国维辑本《南唐二主词》校勘记：此首实系《临江仙》调。

【注释】

①"秦楼"句：据刘向《列仙传》记载，有个叫萧史的人，善吹箫，能用箫声引来孔雀、白鹤。秦穆公的女儿弄玉很喜欢他，秦穆公就把女儿嫁给了萧史。于是萧史每天教弄玉吹箫模仿凤凰的叫声，居然能引来凤凰，秦穆公为他们夫妇筑造了凤台。后来，夫妇二人便乘着凤凰而升天。秦楼即指凤台，吹箫女指弄玉。

②上苑：皇家的囿苑。

③英：花。吴本《二主词》误作"莫"。

④金：萧本、晨本《二主词》作"含"。

⑤低昂：起伏不定，时高时低。

⑥纔：萧本、晨本《二主词》作"才"，刘继增《南唐二主词笺》云"旧抄本作'才'"。

⑦衿：古代服装下连到前襟的衣领。吴本、吕本、侯本《二主词》作"矜"，萧江声抄本《南唐二主词》作"枝"。

⑧琼窗梦□留残日：吴讷《百家词》旧抄本、吕远本《南唐二主词》作"琼窗梦留残日"，侯文灿本《南唐二主词》作"琼窗梦箇残日"，刘继增笺本《南唐二主词》作"琼窗□梦留残日"。

⑨懒：吴讷《百家词》旧抄本《二主词》误作"嫩"，侯文灿本《南唐二主词》误作"娥"。

谢新恩

　　樱花落尽阶前月，象床①愁倚薰笼②。远是③去年今日，恨还同。

　　双鬟不整云憔悴，泪沾红抹胸④。何处相思苦？纱窗醉⑤梦中。

【题解】

这是一首女子思念男子的小词，应与前首词作于同时。

刘继增《南唐二主词笺》：此阕字句舛误，无别本可校。

【注释】

①象床：用象牙雕饰的床。

②薰笼：火炉上以笼覆盖，用香熏衣被。薰：侯文灿本《南唐二主词》作"熏"。

③是：晨本《二主词》作"似"，吴讷《百家词》旧抄本、吕远本、侯文灿本、萧江声抄本《南唐二主词》作"是"。

④抹胸：俗名"肚兜"，系在胸前的小衣。

⑤醉：吴讷《百家词》旧抄本《南唐二主词》作"睡"。

谢新恩

　　樱桃①落尽春将困②，秋千架下归时。漏暗③斜月迟迟，花在枝。

　　（缺十二字）彻晓④纱窗下，待来君不知。

【题解】

此词写女子对男子的思念。词也当作于南唐未亡前。

【注释】

①樱桃:吴讷《百家词》旧抄本、吕远本、侯文灿本《南唐二主词》均作"樱桃"。

②困:吴本《二主词》误作"用"。

③漏:即漏壶,古代计时器,铜制有孔,可以滴水或漏沙,有刻度标志以计时间,简称"漏"。暗:吕远本、侯文灿本《南唐二主词》均脱"暗"字,注"疑是"。侯文灿本作"疑曰"。吕远本作"疑日",似系"是"字残体。王国维注:"二字又疑是满阶。"

④吴本、侯本《二主词》"彻晓"以下分段。

谢新恩

庭空客散人归后,画堂半掩珠①帘。林风淅淅②夜厌厌③。小楼新月,回首自纤纤④。

春光镇⑤在人空老,新愁往恨何穷。金窗⑥力困起还慵⑦。(下缺)一声羌笛⑧,惊起醉怡容。

【题解】

《花草粹编》、《历代诗余》、《全唐诗》,调作"临江仙"。晨本《二主词》校勘记云"此亦《临江仙》词"。王国维辑本《南唐二主词》校勘记:此亦"临江仙"调。此首"春光"以下应作另一首。

【注释】

①珠:《全唐诗》作"朱"。

②淅淅:象声词,形容风声。

③厌厌:安静,静谧。

④纤纤:形容新月细小的样子。

⑤镇:正。

⑥窗:《词谱》作"刀"。

⑦慵:困倦,懒得动。

⑧羌笛:又为羌管,竖着吹奏,两管发出同样的音高,音色清脆高亢,带有悲凉之感。

长相思

云一绺①,玉一梭②,淡淡衫儿③薄薄罗,轻颦双黛螺④。

秋风多⑤,雨相和⑥,帘外芭蕉三两窠⑦,夜长人奈何⑧!

【题解】

这是一首写闺怨相思的词。上阙写女子梳妆,已带哀怨;下阙写秋景,以彰显人的万般愁怀。

《乐府雅词》调作"长相思令"。长相思是词牌名。亦称"长相思令"、"相思令"、"吴山青"。双调三十六字,前后阙格式相同,各三平韵,一叠韵,一韵到底。《续选草堂诗余》、《古今词统》、《古今诗余醉》在此词名下题作"佳人"。此词又传为孙霄作,见曾慥辑《乐府雅词》。仲闻《南唐二主词校订》有"曾端伯集(吴讷本《二主词》误作喜)《雅词》,以为孙肖(肖,吴本《二主词》作质,萧本、晨本作霄)之作也,非也"。又传为刘过作,见沈愚本《龙洲集》。

【注释】

①云:头发。绺:像水流旋转盘结的发髻。《乐府雅词》作"颒",《阳春白雪》、《浩然斋雅谈》作"窝"。粟本《二主词》误作"罗"。

②玉一梭:形状像梭子的玉簪、玉钗之类的发饰。梭:萧本《二主词》作

"梳"。案，"梭"、"梳"共韵，萧抄本误。"云一绹，玉一梭"：《龙洲集》、《龙洲词》作"玉一梭，云一窝"。吴讷《唐宋名贤百家词》本《龙洲词》"玉"误作"女"。

③衫儿：《龙洲集》、朱祖谋《彊村丛书》本《龙洲词》、《阳春白雪》作"春衫"。吴讷《唐宋名贤百家词》本《龙洲词》作"春山"。

④黛螺：青绿色颜料，用来画眉。《龙洲集》"黛螺"作"翠娥"。《龙洲集》、《浩然斋雅谈》、《阳春白雪》本"螺"作"蛾"。

⑤秋风：《龙洲集》、《龙洲词》、《阳春白雪》作"风声"。多：吴讷《唐宋名贤百家词》本《龙洲词》误作"低"，《彊村丛书》本空格。

⑥相：《续选草堂诗余》、《古今词统》、《古今诗余醉》、《历代诗余》、《全唐诗·附词》作"如"。《龙洲集》、《龙洲词》、《阳春白雪》作"声"。和：《龙洲集》、《彊村丛书》本《龙洲词》作"多"。《唐宋名贤百家词》本《龙洲词》误作"低"。

⑦帘：《乐府雅词》、《龙洲集》、《龙洲词》、《阳春白雪》作"窗"。两：萧江声抄本《南唐二主词》作"四"。窠：同"棵"，萧江声抄本《南唐二主词》、《龙洲集》作"棵"。

⑧人：《龙洲集》、《龙洲词》作"争"。

【汇评】

明·沈际飞："多"字和"和"字妙。"三两窠"亦嫌其多也。（《草堂诗余续集》卷上）

明·卓人月：徐士俊云"云一绹、玉一梭"缘饰尤佳。（《古今词统》卷三）

清·陈廷焯：字字绮丽，结五字婉曲。（《云韶集》卷一）

又：情词凄婉。（《词则·闲情集》卷一）

长相思

一重山，两重山，山远天高烟水寒，相思枫叶丹。

菊花开,菊花残,塞雁高飞人未还①,一帘风月闲。

【题解】

这首词借景写闺怨,缠绵悱恻,情韵悠长。《新刻注释草堂诗余评林》调下有题"秋怨"。《啸余谱》题作"秋怨"。此词又传为邓肃作,见王鹏运刻《宋元三十一家词》本《栟榈词》及陈钟秀校《草堂诗余》。宋泽元校本、类编、汲古阁本《草堂诗余》均题作李后主作。王国维辑本《南唐二主词》列为补遗。

【注释】

①塞雁高飞:因每年往返于塞内塞外,故云塞雁。《花间集》作"雁已西飞"。

【汇评】

明·沈际飞:冷艳。(《草堂诗余正集》卷一)

明·李廷机:句句有怨字意,但不露圭角,可谓善形容者。(《新刻注释草堂诗余评林》)

明·李于鳞:因隔山水而起各天之思,为对枫菊而想后人之归。……怨从思中生而怨不露,是长于诗者。(《南唐二主词汇笺》)

捣练①子令

深院静,小庭空,断续寒砧②断续风。无奈夜长人不寐③,数声和月到帘栊④。

【题解】

这是一首月夜怀人的词,月光的冷寂极好地衬托了思妇内心的凄苦和幽怨。捣练子令:即"捣练子"。《尊前集》、《花草粹编》、《全唐诗》均无"令"

字。杨慎《词品》:"词名《捣练子》,即咏捣练。乃唐词本体也。"

此词在《花草粹编》调下有题"闻砧"。盖咏捣练者。二十七字,单调。《草堂诗余续集》、《古今诗余醉》、《古今词统》调下有题"秋闺"。《词的》调下有题"本意"。此词或作冯延巳作,见《尊前集》、《啸余谱》卷九(《南曲谱》卷二十双调)、《南词新谱》卷二十二(双调引子)、《词谱》卷一。但传本《阳春集》不载此词。王国维指出《尊前集》与《兰畹集》俱为北宋人所辑,未知孰是。徐釚《词苑丛谈》云:"李后主此词,尚有上阕,盖即鹧鸪天变体。"杨敏如认为此说不确,徐釚所录的上阕,平仄句法与鹧鸪天不合;又非咏捣练内容。并且其中两句是白居易的诗句,杨敏如推断李煜绝不至如此搬用。

【注释】

①捣练:捣洗煮过的熟绢。

②砧:捣练石。

③无奈:《尊前集》、《啸余谱》、《南词新谱》作"早是"。寐:同上作"寝"。

④帘栊:挂着帘子的格子窗。栊:窗子。小曰窗,阔曰栊。

【汇评】

明·杨慎:李后主《捣练子》云:(略)。词名《捣练子》,即咏捣练,乃唐词本体也。(《词品》)

清·陈廷焯:古人以词名为题,他本增"秋闺"二字,殊属恶劣。(《云韶集》卷一)

清·徐釚:李重光"深院静"小令一阕,升庵曰词名《捣练子》,即咏捣练也。复有"云鬖乱"一篇,其词亦同,众刻无异。尝见一旧本,则俱系《鹧鸪天》,二词之前,各有半阕。其"云鬖乱"一阕云:"节候虽佳景渐阑,吴绫已暖越罗寒。朱扉日暮随风掩,一树藤花独自看。云鬖乱,晚妆残,带恨眉儿远岫攒。斜托香腮春笋嫩,为谁和泪倚阑干。"其"深院静"一阕云:"塘水初澄似玉容,所思远在别离中。谁知九月初三夜,露似珍珠月似弓。深院静,小庭空,断续寒砧断续风。无奈夜长人不寐,数声和月到帘栊。"(《词苑丛谈》卷十)

清·况周颐:杨用修席芬名阀,涉笔瑰丽,自负见闻赅博,不恤杜撰肆欺,迹其忍俊不禁,信有奇思妙语,非寻常才俊所及。尝云李后主《捣练子》

"深院静"、"云鬟乱"二阕,曩见一旧本,并是《鹧鸪天》,又曰以"塘水初澄"比方玉容,其为妙肖,匪夷所思。"云鬟乱"阕前段尤能以画家白描法形容一极贞静之思妇,绫罗之暖寒,非深闺弱质,工愁善感者,体会不到。"一树藤花",确是人家庭院景物,曰"独自看",其殆"白华"之诗,无营无欲之旨乎?扉无风而自掩,境至清寂,无一点尘,如此云云。可知远岫眉攒,倚阑和泪,皆是至真至正之情,有合风人之旨。即词境词格,亦与之俱高。虽重光复起,宜无间然。或独讥其向壁虚造,宁非固欤?(《蕙风词话》卷五)

捣练子

云鬟①乱,晚妆残,带恨眉儿远岫攒②。斜托香腮③春笋嫩④,为谁和泪倚阑干?

【题解】

各本《南唐二主词》均不载此阕,《花草粹编》调下有题"春恨",但不著撰人姓名。据吕本注,杨慎《词林万选》始将此词归于后主名下。刘继增笺,按此词旧抄本、侯本并不载,当是吕氏校刊附益。《词的》、《草堂诗余续集》、《清绮轩词选》调下有题"闺情",并归诸后主。王国维辑本《南唐二主词》列于补遗中。然王仲闻据宋石孝友《金谷遗音》中的一首《浣溪沙》中"为谁和泪倚阑"下注"中行",认为这首词或为北宋词人田中行所作。

【注释】

①云鬟:形容女子鬟发盛美如云。

②远岫攒:眉头紧皱,如远处的峰峦簇聚。

③香腮:玄览斋本《花间集》作"杏腮"。

④笋:《清绮轩词选》作"笑"。嫩:《花草粹编》、《全唐诗》作"嬾"。

阮郎归

呈郑王十二弟

东风吹水①日衔山②，春来长是③闲。落花狼藉酒阑珊④，
笙歌⑤醉梦间。

珮声悄⑥，晚妆残，凭谁⑦整翠鬟⑧？留连光景惜⑨朱颜，
黄昏独⑩倚阑。

【题解】

此词写主人公孤独的处境和情怀，正所谓"借酒浇愁愁更愁"。或以为
这是李煜入宋后之作，但并无确证。根据题注"呈郑王十二弟"，这首词或
与《却登高文》作年相同。

《草堂诗余》、《古今词统》题作"春景"。吴讷《百家词》旧抄本、吕远本、
侯文灿本、萧江声抄本等各本《南唐二主词》均注："呈郑王十二弟。"篇末
注："后有隶书'东宫书府'印。"郑王，李煜弟从善。至于为何将作为李璟第
七子的从善称为"十二弟"，或排序使然。详细辨析请参阅詹安泰《李璟、李
煜词》中该词下的题解。

此词又传为冯延巳作，见《阳春集》。又传为欧阳修作，见《欧阳文忠公
近体乐府》。侯文灿本《阳春集》在此词篇末注云："《兰畹集》误作晏同叔
（晏殊），舛乱殊甚。"这种词作互见的现象在五代及宋初比较常见，既然宋
人编辑的《二主词》已收录这首词，就依然归诸李煜。

【注释】

①吹水：《欧阳文忠公近体乐府》、《醉翁琴趣外篇》、《乐府雅词》作"临
水"。《近体乐府》罗泌校语云："'临水'一作'吹水'。"

②日衔山：日落到了山后。衔：《花间集补》误作"御"。衔别体作"啣"。
"啣"、"御"字形相近致误。

③长是:总是。《词谱》作"长自"。

④落花:侯文灿本《阳春集》作"林花"。吴讷《唐宋名贤百家词》本《阳春集》作"薄衣"。近人周泳先《唐宋金元词钩沉》辑本《兰畹集》引朱祖谋手过查映山校本《阳春集》作"荷衣"。狼藉:乱糟糟,凌乱不堪的样子。阑珊:将尽,衰落。

⑤笙歌:吹笙唱歌。

⑥珮声悄:侯文灿本《阳春集》、《欧阳文忠公近体乐府》、陈钟秀校《草堂诗余》、汲古阁本《草堂诗余》作"春睡觉"。《欧阳文忠公近体乐府》罗泌校语云"睡觉一作睡起"。悄:吴讷本《二主词》误作"惜"。

⑦凭谁:侯文灿本《阳春集》、《欧阳文忠公近体乐府》、陈钟秀校、宋泽元校《草堂诗余》作"无人"。

⑧鬟:总束盘结头发。《醉翁琴趣外篇》、《古今诗余醉》误作"鬟"。

⑨惜:《四印斋所刻词》本《阳春集》作"喜"。他本《阳春集》俱作"惜"。

⑩独:《花间集补》、《古今词统》、《妙选草堂诗余》作"人"。

【汇评】

宋·陆游:从善字子师,元宗第七子。……开宝四年遣朝京师,太祖已有意召后主归阙,即拜从善泰宁军节度使,留京师,赐甲第汴阳坊。……后主闻命,手疏求从善归国。太祖不许,上疏示从善,加恩慰抚,幕府将吏皆授常参官以宠之,而后主愈悲思,每凭高北望,泣下沾襟,左右不敢仰视。由是岁时游燕,多罢不讲。尝制《却登高文》曰:"陟彼冈兮肢予足,望复关兮睊予目。原有鸰兮相从飞,嗟予季兮不来归……"从善妃屡诣后主号泣,后主闻其至,辄避去。妃忧愤而卒。国人哀怜之。(《南唐书》卷一六)

明·沈际飞:意绪亦似归宋后作。(《草堂诗余正集》卷一)

明·卓人月:徐士俊云:后主归宋后,词常用"闲"字,总之闲不过耳,可怜。(《古今词统》卷六)

明·李廷机:李后主著作颇多,而此尤杰出者。(《草堂诗余评林》卷一)

明·李于麟:上写其如醉如梦,下有黄昏独坐之寂寞。……似天台仙女,伫望归期,神思为阮郎飘荡。(《南唐二主词汇笺》引语)

明·徐士俊:后主归宋后,词常用"闲"字,总之闲不过耳。可怜。(《古今词统》卷六)

蝶恋花

遥夜亭皋①闲信②步,乍过③清明,早④觉伤春暮⑤。数点雨声风约⑥住,朦胧澹月云来去。

桃李依依⑦春暗度⑧,谁⑨在⑩秋千,笑里⑪低低⑫语?一片⑬芳心⑭千万绪,人间没个安排处。

【题解】

关于此词作者,向有不同说法。宋杨绘《时贤本事曲子集》以为是李冠作,《唐宋诸贤绝妙词选》、《类编草堂诗余》、《词的》、《古今词统》、《后山词话》、《词品》、《渚山堂词话》等均是此说,王仲闻《南唐二主词校订》也倾向于是李冠作。而《欧阳文忠公近代乐府》中载为欧阳修作。以为此词是李煜作的有《尊前集》、《花草粹编》、《全唐诗》、《历代诗余》、《南唐二主词》等,现一般依此说。此词于《唐宋诸贤绝妙词选》、《类编草堂诗余》、《词的》、《古今诗余醉》等本中均有题作"春暮"。

这首词抒写主人公感伤春景、怀忧自伤的情怀,从词意上看,当是李煜中、后期的作品。

蝶恋花,唐教坊曲名,采用梁简文帝萧纲乐府《东飞伯劳歌》中"翻阶蛱蝶恋花情"句三字为名。这首词明写少妇伤春,实际上是抒发作者本人的闲愁,从词的意境上看,当为李煜后期作品。

【注释】

①亭皋:水边的平地。《汉书·司马相如传上》:"亭皋千里,靡不被筑。"

②闲：吴本《二主词》误作"闭"。信：吴讷本、吕远本、侯文灿本《南唐二主词》作"倒"。王仲闻《南唐二主词校订》云："倒步不可解，必信步之误。"刘继增《南唐二主词笺》云："旧钞本作信。"

③乍过：《唐宋诸贤绝妙词选》、《词的》、《花庵词选》、《类编草堂诗余》、《古今词统》、《古今诗余醉》、《全唐诗》、毛订《草堂诗余》作"才过"。乍：作"才"。《欧阳文忠公近体乐府》罗泌校语云："一作过了。"

④早：《古今诗余醉》、《历代诗余》、《全唐诗》、《欧阳文忠公近体乐府》、《醉翁琴趣外篇》、《乐府雅词》、《花庵词选》、《唐宋诸贤绝妙词选》、《类编草堂诗余》、《词的》、《古今词统》作"渐"。

⑤伤春暮：《欧阳文忠公近体乐府》罗泌校语云："一作春将暮。"

⑥约：阻止，指挡住雨声。

⑦李：《尊前集》、《唐宋诸贤绝妙词选》、《类编草堂诗余》、《词的》、《古今词统》作"杏"。《欧阳文忠近体乐府》注："一作杏。"依依：《欧阳文忠公近体乐府》、《醉翁琴趣外篇》、《乐府雅词》、《花庵词选》、《类编草堂诗余》、《唐宋诸贤绝妙词选》、毛订《草堂诗余》、《词的》、《古今词统》均作"依稀"。《欧阳文忠近体乐府》罗泌校语云："一作无言。"

⑧暗度：不知不觉中过去。春暗度：《尊前集》作"风暗度"。《欧阳文忠近体乐府》、《花庵词选》、《醉翁琴趣外篇》、《乐府雅词》、《唐宋诸贤绝妙词选》、《类编草堂诗余》、《词的》、《古今词统》、《古今诗余醉》、《历代诗余》、《全唐诗》作"香暗度"。

⑨谁：《乐府雅词》作"谁"。《欧阳文忠公近体乐府》罗泌校语云："谁，一作人。"

⑩在：《欧阳文忠公近体乐府》、《醉翁琴趣外篇》、《乐府雅词》作"上"。《欧阳文忠公近体乐府》注："一作在。"

⑪笑里：汲古阁《词苑英华》本《尊前集》作"影里"。

⑫低低：《欧阳文忠公近体乐府》、《乐府雅词》、《醉翁琴趣外篇》、《唐宋诸贤绝妙词选》、《古今诗余醉》、《花庵词选》、《类编草堂诗余》、毛订《草堂诗余》、《历代诗余》、《全唐诗》、《古今词统》均作"轻轻"。《欧阳文忠近体乐府》罗泌校语云"一作低低"。

⑬片:《欧阳文忠近体乐府》、《醉翁琴趣外篇》、《花庵词选》、《乐府雅词》、《唐宋诸贤绝妙词选》、《类编草堂诗余》、《古今词统》、毛订《草堂诗余》均作"寸"。

⑭芳心:《欧阳文忠近体乐府》、《醉翁琴趣外篇》、《乐府雅词》、《唐宋诸贤绝妙词选》、《类编草堂诗余》、《词的》、毛订《草堂诗余》、《古今词统》作"相思"。《欧阳文忠近体乐府》罗泌校语云"一作芳心"。

【汇评】

明·陈继儒:何不寄愁天上,埋忧地下?(《南唐二主词汇笺》引语)

明·潘游龙:"没个安排处"与"愁来无着处"并绝。(《南唐二主词汇笺》引语)

明·沈际飞:("数点雨声"二句)片时佳景,两语得之。……"愁来无着处",不约而合。(《草堂诗余正集》卷一)

清·沈谦:"红杏枝头春意闹"、"云破月来花弄影",俱不及"数点雨声风约住,朦胧淡月云来去"。(《填词杂说》)

临江仙

　　樱桃落尽春归去①,蝶翻金粉双飞②。子规啼月小楼西③,画帘珠箔④,惆怅卷金泥⑤。门巷寂寥人去后⑥,望残烟草低迷⑦。炉香闲袅凤凰儿⑧,空持罗带,回首恨依依⑨。

【题解】

临江仙,唐教坊曲,双调小令,用作词调。又名"谢新恩"、"雁后归"、"画屏春"、"庭院深深"、"采莲回"、"想娉婷"、"瑞鹤仙令"、"鸳鸯梦"、"玉连环"。根据宋人笔记记载,这首词作于金陵城破时。其说虽不可尽信,然词确实由暮春的景物写出自己潦倒不堪的情状,或作于亡国前夕。正如王仲闻所论:"王师围升州(即南京)一年,后主于围城中春作此词,不可知。"另外，夏承焘《南唐二主年谱》认为这首词是后主书写他人作品，非其自作。王仲闻已辨其非，见《南唐二主词校订》。

【注释】

①"樱桃"句：残春景象，也暗含家国颠覆的忧愁。《礼记·月令》："是月（仲夏之月）也，天子乃以雏尝黍，羞以含桃，先荐寝庙。"含桃，即樱桃。而此时春天将去，樱桃落尽，宗庙也将不保。落尽：《墨庄漫录》、《花草粹编》引《西清诗话》作"结子"。春归：《稗海》本《墨庄漫录》作"春光归"。吕远本《二主词》卷末重出《临江仙》词作"春归"，注："归作光，余与《稗海》本《墨庄漫录》全同，不另校。"去：《墨庄漫录》、《花草粹编》引《西清诗话》作"尽"，吴讷《百家词》旧抄本《南唐二主词》无"去"字。

②蝶：《词苑丛谈》引《耆旧续闻》误作"蛱"。翻：明刻本《类说》误作"番"。金：《耆旧续闻》、《隐居议议》卷十一、《花草粹编》引《耆旧续闻》、《尧山堂外纪》、《古今词统》、《皱水轩词筌》、《词综》、《词苑丛谈》、《古今词话》词辨卷上、《历代诗余》卷三十五、《全唐诗》、《词林纪事》作"轻"。金粉：原指妇女妆饰用的铅粉，这里指蝴蝶翅膀。

③啼：明刻本《类说》缺此字。月：《阳春白雪》卷三康伯可补足李重光词作"恨"。

④画帘：《景定建康志》、《客座赘语》、《古今词统》、《皱水轩词筌》、《词苑丛谈》引《尧山堂外纪》、《古今词话》词辨卷上作"曲栏"。珠：《花草粹编》引《西清词话》、《古今词话》词辨卷上作"朱"。画帘珠箔：极言居室的豪华。《类说》作"曲琼钩箔"。《苕溪渔隐丛话》、《诗话总龟》、《尧山堂外纪》作"曲栏金箔"。《墨庄漫录》、《耆旧续闻》、《花草粹编》引《耆旧续闻》、《词综》、《词苑丛谈》、《历代诗余》卷三十五、《全唐诗》、《词林纪事》作"玉钩罗幕"（明刻《稗海》本《墨庄漫录》缺"玉"字，吕远本《二主词》卷末重出《临江仙》同）。《阳春白雪》卷三康伯可补足李重光词作"曲屏珠箔晚"（黄丕烈校本作"珠箔"）。《说郛》引《雪舟脞语》作"曲琼金箔"。《古今词话》词话卷上，《历代诗余》卷一百十三引《乐府纪闻》作"玉钩牵幕"。

⑤金泥：珠帘的颜色。卷：《皱水轩词筌》作"捲"。卷金泥：《耆旧续闻》、《花草粹编》、《词综》、《词苑丛谈》、《历代诗余》卷三十五、《全唐诗》、

《词林纪事》作"暮烟垂"。

⑥门巷：《耆旧续闻》、《花草粹编》、《词综》、《全唐诗》作"别巷"。《古今词话》、《历代诗余》卷一百十三引《乐府纪闻》作"门掩"。寰：《花草粹编》引《西清诗话》、黄丕烈校本《阳春白雪》卷三康伯可补足李重光词作"寰"。去：《耆旧续闻》、《花草粹编》引《耆旧续闻》、《尧山堂外纪》、《古今词统》、《皱水轩词筌》、《词综》、《词苑丛谈》、《古今词话》、《历代诗余》、《全唐诗》、《词林纪事》作"散"。

⑦草：《景定建康志》、《客座赘语》作"柳"。低：《古今词统》、《皱水轩词筌》、《古今词话》、《历代诗余》卷一百十三引《乐府纪闻》作"凄"，《隐居通议》、吕远本《二主词》卷末重出《临江仙》词作"萋"。

⑧凤凰儿：指绣有凤凰花饰的缠头、衾褥等丝织品。唐施肩吾《抛缠头词》："一抱红罗分不足，参差裂破凤皇儿。"

⑨按，此词据朱彝尊《词综》注云："相传后主在围城中，赋未就而城破，阙后三句。刘延仲补之云：'何时重听玉骢嘶，扑帘柳絮，依约梦回时。'而《耆旧续闻》所载，故是全作，当从之。"王国维辑本《南唐二主词》亦缺末三句，兹依《耆旧续闻》补齐。

【汇评】

宋·胡仔：《西清诗话》云："南唐后主围城中作长短句，未就而城破。（词略：缺尾三句）。余尝见残稿，点染晦昧。心方危窘，不在书耳。"……苕溪渔隐曰：余观《太祖实录》及三朝正史云"开宝七年十月，诏曹彬、潘美等率师伐江南。八年十一月，拔升州。"今后主词乃咏春景，决非十一月城破时作。《西清诗话》云"后主作长短句，未就而城破"，其言非也。然王师围金陵凡一年，后主于围城中春间作此诗，则不可知，是时其心岂不危窘。于此言之，乃可也。（《苕溪渔隐丛话》前集卷五九）

宋·张邦基：宣和间，蔡宝臣致君收南唐后主书数轴，来京师以献蔡绦约之。其一乃王师攻金陵，城垂破时，仓皇中作一疏，祷于释氏，愿兵退之后，许造佛像若干身，菩萨若干身，斋僧若干万员，建殿宇若干所，其数甚多，字画潦草，然皆遒劲可爱，盖危窘急中所书也。又有《看经发愿文》，自称莲峰居士李煜。又有长短句《临江仙》（词略），而无尾句。刘延仲为补之

云:"何时重听玉骢嘶,扑帘飞絮,依约梦回时。"(《墨庄漫录》卷七)

宋·陈鹄:蔡绦作《西清诗话》载江南李后主《临江仙》云:"围城中书,其尾不全。"以余考之,殆不然。余家藏李后主《七佛戒经》及杂书二本,皆作梵叶,中有《临江仙》,涂注数字,未尝不全。其后则书李太白诗数章,似平日学书也。本江南中书舍人王克正家物,后归陈魏公之孙世功君懋。余,陈氏婿也。其词云:"樱桃落尽春归去"(下略)。后有苏子由题云:"凄凉怨慕,真亡国之声也。"(《西塘集》、《耆旧续闻》卷三)

明·顾起元:李后主在围城中犹作长短句,未就而城破。其词云"樱桃落尽春归去(略)"……其词是《临江仙》,凄婉有致。(《客座赘语》卷五)

清·谭献:"炉香"三句,疑出续貂。(《谭评词辨》卷二)

清·陈廷焯:低回留恋,宛转可怜。伤心语,不忍卒读。(《词则·别调集》卷一)

又:凄凉景况,曲曲绘出,依依不舍,煞是可怜。读者为之伤心。(《云韶集》卷一)

破阵子

　　四十年来①家国,三②千里地③山河。凤阁④龙楼⑤连霄汉⑥,玉树琼枝作烟萝⑦。几曾识干戈⑧。

　　一旦归为臣虏⑨,沈腰潘鬓⑩消磨。最是仓皇辞庙日,教坊⑪犹奏离别歌。垂⑫泪对宫娥。

【题解】

　　这是李煜回忆其离开南唐情形的词。上阕深悔自己不识战争,下阕写自己亡国后的痛楚,尤其是辞别宗庙时的彻骨之痛。词用直笔写本心,语言浅白,却能让人为之动容。

　　破阵子,唐教坊曲,一名"十拍子"。陈旸《乐书》:"唐破阵乐属龟兹部,

65

秦王（李世民）所制，舞用二千人，皆画衣甲，执旗旆。外藩镇春衣犒军设乐，亦舞此曲，兼马军引入场，尤壮观也。"词双调六十二字，平韵。

【注释】

①四十年来：南唐建国至亡国三十九年，此取整数而言。四：《东坡先生志林》、《东坡题跋》、《苕溪渔隐丛话》、《诗话总龟》、《词苑丛谈》作"三"。《希通录》作"二"。年来：同上各本作"余年"，《东坡先生志林》作"年余"。

②三：同上各本作"数"。

③里地：《南唐拾遗记》作"里外"。

④凤阁：华丽的楼阁。多指皇宫内的楼阁。阁：《全唐诗》、《词林纪事》作"阙"。

⑤龙楼：朝堂。

⑥汉：萧本《二主词》缺此字。

⑦玉树琼枝：泛指帝王苑圃中的各种名贵花木。烟萝：草树茂密，烟聚萝缠，故谓之烟萝。《东坡先生志林》、《东坡题跋》、《苕溪渔隐丛话》、《诗话总龟》、《希通录》、《词苑丛谈》俱缺"凤阁龙楼连霄汉，玉树琼枝作烟萝"句。

⑧干戈：战争。识：《东坡先生志林》、《东坡题跋》、《诗话总龟》、《希通录》、《词苑丛谈》作"惯"。萧本《二主词》缺此字。几曾识：耘经楼本《苕溪渔隐丛话》作"已曾惯见"。《海山仙馆丛书》本作"几曾惯见"。多一字，当误。

⑨虏：《词苑丛谈》作"妾"。《词林纪事》作"仆"。

⑩沈腰：腰围减少。《梁书·沈约传》记载沈约与徐勉关系一直不错，便写信给徐勉说自己老病衰弱，"百日数旬，革带常应移孔，以手握臂，率计月小半分。以此推算，岂能支久？"后因以"沈腰"作为腰围瘦减的代称。潘鬓：西晋潘岳《秋兴赋》序中有"余春秋三十有二，始见二毛"，赋中有"斑鬓发以承弁兮，素发飒而垂领"，后因以"潘鬓"为中年鬓发初白的代词。

⑪教坊：唐高祖置内教坊于禁中，掌教习音乐，属太常寺。犹：《花草粹编》、《全唐诗》、《词林纪事》作"独"。

⑫垂：《东坡先生志林》、《东坡题跋》、《容斋随笔》卷五、《苕溪渔隐丛话》、《瓮牖闲评》卷五、《诗话总龟》、《希通录》、《词苑丛谈》、《历代诗余》作

"挥"。

【汇评】

宋·苏轼："三十余年家国。"后主既为樊若水所卖,举国于人。故当恸哭于九庙之外,谢其民而后行。顾乃挥泪宫娥,听教坊离曲哉。(《书李主词》卷三,见《东坡题跋》)

宋·洪迈:东坡书李后主去国之词云:"最是仓皇辞庙日,教坊犹唱别离歌,挥泪对宫娥。"以为后主失国,当恸哭于庙门之外,谢其民而后行,乃对宫娥听乐,形于词句。(按:见《东坡志林》卷四)予观梁武帝启侯景之祸,涂炭江左,以至覆亡,乃曰:"自我得之,自我失之,亦复何恨?"其不知罪己,亦甚矣。窦婴救灌夫,其夫人谏止之,婴曰:"侯自我得之,自我捐之,无所恨。"梁武帝用此言而非也。(《容斋随笔》卷五)

宋·袁文:苏东坡记李后主去国词云:"最是仓皇辞庙日",……以为后主失国,当恸哭于庙门之外,谢其民而后行,乃对宫娥听乐,形于词句。余谓此决非后主词也,特后人附会为之耳。观曹彬下江南时,后主预令宫中积薪誓言:"若社稷失守,当携血肉以赴火。"其厉志如此。后虽不免归朝,然当是时更有甚教坊?何暇对宫娥也?(《瓮牖闲评》卷五)

清·尤侗:东坡谓后主既为樊若水所卖,举国与人,故当恸哭于九庙之外,谢其民而后行,何仍挥泪对宫娥,听教坊离曲?然不独后主然也。安禄山之乱,明皇将迁幸。当是时,渔阳鼙鼓惊破霓裳,天子下殿走矣,犹恋恋于梨园一曲,何异挥泪对宫娥乎?后主尝寄旧官人书云:"此中日夕只以眼泪洗面。"而旧官人入披庭者手写佛经为李郎资福,此种情况,自是可怜。乃太宗以"小楼昨夜又东风"置之死地,不犹炀帝以"空梁落燕泥"杀薛道衡乎?(《西堂杂俎》一集卷八)

清·毛先舒:案此词或是追赋。倘煜是时犹作词,则全无心肝矣。至若挥泪听歌,特词人偶然语。且据煜词,则挥泪本为哭庙,而离歌乃伶人见煜辞庙而自奏耳。(《南唐拾遗记》)

清·王士祯原编:项羽夜闻汉军四面皆楚歌,泣数行下。歌曰:"力拔山兮气盖世,时不利兮骓不逝。骓不逝兮可奈何,虞兮虞兮奈若何。"东坡《志林》载李后主去国之词云:"四十年来家国。(下略)"东坡谓后主当恸哭于九庙下,谢其民而行,却乃挥泪宫娥,听教坊离曲哉。歌辞姜怆,同归一揆。然项王悲歌慷慨,犹有喑呜叱咤之气;后主直是养成儿女态耳。(《五代诗话》卷一引《希通录》)

清·梁绍壬:南唐李后主词:"最是仓皇辞庙日,不堪重听教坊歌,挥泪对宫娥。"讥之者曰他皇辞庙,不挥泪于宗社而挥泪于宫娥,其失业也宜矣,不知以为君之道责后主,则当责之于垂泪之日,不当责于亡国之时。若以填词之法绳后主,则此泪对宫娥挥为有情,对宗社挥为乏味也。此与宋蓉塘讥白香山诗谓忆妓多于忆民,同一腐论。(《两般秋雨庵随笔》卷二)

乌夜啼

林花谢①了春红,太匆匆②,无奈③朝来寒雨④晚来风⑤。
胭脂泪⑥,留人⑦醉,几时重。自是⑧人生长恨水长东。

【题解】

调名,《乐府雅词》作"忆真妃"。《花草粹编》将此首归入《相见欢》,在李后主下注"乌夜啼"。乌夜啼,原为唐教坊曲,又名"相见欢"、"秋夜月"、"上西楼"。这首词是李煜后期词作的代表作之一。为李煜入宋后所作,抒写人生失意的无限怅恨,是一篇即景抒情的名作。

【注释】

①谢:辞去。

②匆匆:吴讷本《二主词》误作"忽忽"。

③无奈:吕远本、萧江声抄本、侯文灿本《南唐二主词》作"常恨"。晨本《二主词》、《乐府雅词》、《花草粹编》、《词综》、《历代诗余》、《全唐诗》作"无奈"。

④寒雨:吕远本、萧江声抄本《南唐二主词》作"寒重"。又,雨:吴讷本、侯文灿本、晨本《二主词》空格。

⑤晚来风：吴讷《百家词》旧抄本《南唐二主词》作"晓来风"。

⑥胭脂泪：女人涂抹胭脂，故流泪称为"胭脂泪"。此处指落花。

⑦留人：《乐府雅词》、《花草粹编》、《词综》、《历代诗余》、《全唐诗》作"相留"。

⑧自是：《乐府雅词》作"到了"。清秦恩复《词学丛书》本《乐府雅词》作"自是"，注"原本到了二字误"。

【汇评】

清·谭献：前半阕濡染大笔。（《谭评词辨》卷二）

清·陈廷焯：后主词凄婉出飞卿之右，而骚意不及。（《词则·大雅集》卷一）

王国维：词至李后主而眼界始大，感慨遂深，变伶工之词而为士大夫之词。周介存置诸温、韦之下，可谓颠倒黑白矣。"自是人生长恨水长东"、"流水落花春去也，天上人间"，《金荃》、《浣花》，能有此气象耶？（《人间词话》）

乌夜啼

无言独上西楼，月如钩。寂寞梧桐深院，锁①清秋。
剪不断，理还②乱，是离愁。别是③一般滋味在心头。

【题解】

这首词的作者，《花草粹编》引杨湜《古今词话》及《十国春秋》均认为为孟昶作，《花庵词选》、《续集》均列为后主作。《词谱》作者也认为是李后主作。赵万里校辑杨湜《古今词话》在此词后案："《花庵唐宋诸贤绝妙词选》引作李后主词，南词本《南唐二主词》无之，杨湜谓为孟昶作，殆必有据。"王仲闻《南唐二主词校订》曰："《乌夜啼》词究为孟作抑李作，未能断定。"但据词的风格来看，更接近李煜，故今人多归之于李煜，如唐圭璋《全唐五代词》

归之于李煜。词当作于李煜降宋后。

此词调名于《词律》、《词的》、《花草粹编》、《全唐诗》、《词林记事》中均作"相见欢"。《续集》李后主下注："一更名秋夜月,又名上西楼,又名西楼子"。《词的》、《续选草堂诗余》、《古今诗余醉》等本中有题作"离怀",《清绮轩词选》中有题作"秋闺"。

【注释】

①锁:笼罩。

②还:立刻,随即。

③是:《花草粹编》、《尧山堂外纪》引孟昶词作"有"。

【汇评】

宋·黄升:此词最凄惋,所谓亡国之音哀以思。(《花庵词选》卷一)

明·沈际飞:七情所至,浅尝者说破,深尝者说不破,破之浅,不破之深。"别是"句妙。(《草堂诗余续集》卷下)

明·茅暎:绝无皇帝气。可人可人。(《词的》卷一)

明·徐士俊:七情所至,浅尝者说破,深尝者说不破。"别是"句甚深。(《古今词统》卷三)

清·陈廷焯:哀感顽艳,只说不出。(《词则·大雅集》卷一)

又:姜凉况味,欲言难言,滴滴是泪。(《云韶集》卷一)

乌夜啼

昨夜风兼雨,帘帏①飒飒②秋声。烛残漏断③频欹④枕。起坐不⑤能平。

世事漫随流水,算来一梦⑥浮生。醉乡路稳宜频到,此外不堪行。

【题解】

　　这首词的调名，《全唐诗·附词》作"锦堂春"，注"一名乌夜啼"。这首词是一首秋夜抒怀之作，作者有无限的哀伤却不能在现实中得到排解，只好向梦里寻求暂时的解脱。词当是李煜后期的作品。

【注释】

　　①帘帏：帘子和帐子。帘：用布、竹、苇等做的遮蔽门窗的东西。帏：同"帷"，帐子，幔幕，一般用纱、布制成。

　　②飒飒：吕远本作"飙飙"。

　　③漏断：壶水漏尽，表明夜已深。吴讷本、侯文灿本《二主词》空格。萧本、晨本《二主词》、《花草粹编》、《词律》、《全唐诗》作"滴"。刘继增《南唐二主词笺》云："旧抄本作滴。"

　　④欹：同"倚"，倾侧。

　　⑤不：吴讷本《二主词》空格。

　　⑥一梦：吕远本、萧江声抄本《南唐二主词》作"梦里"，二者以外各本作"一梦"。吴本《二主词》只一"梦"字，无空格，不知所缺何字。

望江梅

　　闲梦远，南国①正芳春。船上管弦江面绿②，满城飞絮辊③轻尘，忙④杀看花人！

【题解】

　　这首词应是李煜亡国入宋后的作品，借梦境写故国春色，表达了囚居生活中的故国情思和现实痛楚。此首调名在萧本《二主词》作"望江南"。《全唐诗》作"忆江南"。王国维辑本《南唐二主词》调作"望江梅"。

【注释】

①南国:江南,此指南唐故土。

②绿:晨本《二主词》作"渌"。

③辊:车轮飞转。吕远本《南唐二主词》作"滚"。吴本、侯本、晨本《二主词》、《历代诗余》作"辊"。萧江声抄本《二主词》、《花草粹编》、《古今诗余醉》、《全唐诗》作"混"。刘继增《南唐二主词笺》云"旧抄本作'混'"。

④忙:《花草粹编》、《全唐诗》作"愁"。

望江梅

闲梦远,南国正清①秋。千里江山寒色远②,芦花深处泊孤舟。笛在月明楼。

【题解】

词写江南秋色,也是李煜入宋后之作,借梦中美景补偿现实世界的缺憾。

以上二首《望江梅》,王国维辑本《南唐二主词》并为一首,分为上下两阕。其韵脚不合,且此调宋以前并无双调,故当分为两首,管效先《南唐二主全集》便作两首。第二首,又传为晏殊作,见《全宋词》。

【注释】

①清:《历代诗余》作"新"。

②寒色远:《全唐诗·附词》、《历代诗余》均作"寒色暮"。

【汇评】

清·陈廷焯:寥寥数语,括多少景物在内。(《别调集》卷一)

望江南

多少恨,昨夜梦魂中。还似①旧时游上苑②,车如流水马如龙,花月③正春风!

【题解】

这首词与下首词都是后主入宋以后,追恋故国之作,词借梦境回忆往日江南畅游的快乐。尤其第二首"多少泪"、"和泪说"、"泪时吹",连用三个"泪"字且不避重复,突出他内心无以复加的痛苦。据说后主入宋后,曾给金陵旧宫人带信说:"此中日夕,只以眼泪洗面。"可用这首词作为印证。

调名在《全唐诗·附词》、《词谱》作"忆江南"。望江南,原唐教坊曲名,相传是唐李德裕为亡姬谢秋娘所作,故又名"谢秋娘"。此二首《望江南》词,王国维辑本《南唐二主词》并为一首,分上下两阕。其韵脚不同,调谱又不合。兹从管效先《南唐二主词全集》,分为二首。

【注释】

①似:玄览斋本《花间集》作"是"。

②上苑:古代帝王囿苑,此指南唐宫苑。

③月:吴讷《唐宋名贤百家词》旧抄本《尊前集》作"下"。

望江南

多少泪,断脸①复横颐②。心事莫将和泪说③,凤笙④休向泪时⑤吹。肠断更无疑!

见上首同题词。

【注释】

①断脸:泪水在脸上纵横。《全唐诗·附词》作"沾袖"。

②颐:面颊,腮。

③和:吴讷《百家词》旧抄本、《尊前集》、《花草粹编》作"如"。说:《花草粹编》作"滴"。

④凤笙:笙形似凤,故称凤笙。汉应劭《风俗通·声音·笙》:"《世本》:'随作笙。'长四寸、十二簧、像凤之身,正月之音也。"

⑤泪时:《花草粹编》作"月时",《全唐诗·附词》作"月明"。

【汇评】

明·杨慎:唐词"眼重眉褪不胜春",李后主词"多少泪,断脸复横颐",元乐府"眼余眉剩",皆祖唐词之语。(《词品》卷二)

清·陈廷焯:后主词一片忧思,当领会于声调之外,君人而为此词,欲不亡国得乎?(《词则·别调集》卷一)

虞美人

风回小院庭芜①绿,柳眼②春相续。凭阑半日独无言,依旧竹声新月似当年。

笙歌未散尊前③在,池面冰初解。烛明香暗画楼④深⑤,满鬓清霜残雪思难任⑥。

【题解】

《续选草堂诗余》、《古今词统》、《古今诗余醉》调下题作"春怨",从"依旧竹声新月似当年"与"满鬓清霜残雪思难任"看,这是一首怀念旧日繁华,感叹今日潦倒的词,应该作于后期。

虞美人,词牌名,唐教坊曲。初咏项羽宠姬虞美人,因以为名。又名"一江春水"、"玉壶水"、"巫山十二峰"等。双调,五十六字,上下片各四句。

【注释】

①庭芜:庭园中丛生的草。颜延之《秋胡》诗:"寝兴日已寒,白露生庭芜。"

②柳眼:早春时柳树初生的嫩叶,好像人的睡眼初展,故称柳眼。

③尊前:《尊前集》、侯文灿本《南唐二主词》均作"尊罍"。《古今诗余醉》作"金罍"。

④楼:吕远本《南唐二主词》作"堂",吴本《二主词》误作"歌",侯本、晨本《二主词》、《花草粹编》、《续选草堂诗余》、《古今词统》、《古今诗余醉》、《词综》、《历代诗余》、《全唐诗》、《词林纪事》作"楼"。《词谱》作"阑"。

⑤深:吴本《二主词》误作"声"。

⑥任:《全唐诗·附词》、《词谱》作"禁"。

【汇评】

明·沈际飞:此亦在汴京忆旧乎?……华疏采会,哀音断绝。(《草堂诗余续集》卷下)

明·卓人月:徐士俊云:此君"花明月暗"之外,更有"烛明香暗"。(《古今词统》卷八)

清·谭献云:"二词(指此阕及春花秋月一阕)终当以神品目之。……后主之词,足当太白诗篇,高奇无匹。"(徐珂《历代词选集评》引)

子夜歌

人生愁恨何能免?销魂①独我情何限②!故国梦重③归,觉来双泪垂。

高楼谁与上④?长记秋晴望。往事已成空,还如一梦中。

这是李煜入宋后抒写亡国哀思的词。当国破家亡，身为囚虏之后，昔日的欢会和繁华都成南柯一梦。但偏偏又一次次梦回故国，让人伤痛之极。

调名子夜歌，吕远本《二主词》,《全唐诗》调作"菩萨蛮"。《尊前集》、《词综》调作"子夜"，汲古阁《词苑英华》本《尊前集》注"即菩萨蛮"。

【注释】

①销魂：形容极度悲伤哀痛的样子。江淹《别赋》："黯然销魂者，唯别而已矣。"

②限：侯文灿本《二主词》误作"恨"。

③重：马令《南唐书》卷五作"初"。

④上：吴讷本、侯文灿本《二主词》空格。刘继增《南唐二主词笺》云"旧钞本作共"。

【汇评】

宋·马令：后主乐府词云："故国梦重归，觉来双泪垂。"又云："小楼昨夜又东风，故国不堪回首月明中。"皆思故国者也。(《南唐书》卷五)马令《南唐书》本注云："后主《子夜歌》调，有凄然故国之思。"

清·陈廷焯：回首可怜歌舞地。又云：悠悠苍天，此何人哉！(《云韶集》卷一)

浪淘沙

往事只堪哀，对景难排。秋风庭院藓侵阶①。一任②珠帘闲不卷，终日谁来③？

金锁④已沉埋，壮气蒿莱⑤。晚凉天净⑥月华开。想得已⑦楼瑶殿影，空照秦淮⑧！

【题解】

这首词,《草堂诗余续集》调下有题"感念",《古今词统》调下有题"在汴京念秣陵作"。词是李煜后期的作品,与《虞美人》《菩萨蛮》一样都是感念往事之作。同时也表达了他入宋后的孤苦,一句"终日谁来"确实道尽辛酸。

【注释】

①薛侵阶:苔藓上阶,表明很少有人来。

②一任:任凭。吴本、吕本、侯本《南唐二主词》、《花草粹编》作"一行"。《续选草堂诗余》、《古今词统》作"一片"。粟本《二主词》、《历代诗余》、《全唐诗》作"桁"。一桁:一列,一挂。如杜牧《十九兄郡楼有宴病不赴》:"燕子嗔重一桁帘。"

③终日谁来:整天没有人来。王铚《默记》记载,李煜在东京,终日有一老卒守门,以防其与外人接触。所以李煜降宋后,实际上被监禁起来了。

④金锁:即铁锁,用三国时吴国用铁锁封江对抗晋军事。或以为"金锁"即"金琐",指南唐旧日宫殿。也有人把"金锁"解为金线串制的铠甲,代表南唐对宋兵的抵抗。众说皆可通。锁:萧本、晨本《二主词》作"琐"。侯本《南唐二主词》、《花草粹编》、《词综》、《历代诗余》、《全唐诗》作"金剑"。《续选草堂诗余》、《古今词统》作"金敛"。《古今词统》并注:"敛,一作剑。"按:作敛不可解,盖承"金剑"而误。

⑤蒿莱:借指野草、杂草,这里用作动词,意为淹没野草之中,以此象征消沉,衰落。

⑥净:吴讷《百家词》旧抄本、吕本、侯本、萧本《南唐二主词》、《花草粹编》、《词综》、《续集》、《全唐诗》俱作"静"。

⑦已:《草堂诗余续集》、《古今词统》作"玉"。《古今词统》并注:"玉,一作已。"

⑧秦淮:即秦淮河。是长江下游流经今南京市区的一条支流。据说是秦始皇为疏通淮水而开凿的,故名秦淮。秦淮一直是南京的胜地,南唐时期两岸有舞馆歌楼,河中有画舫游船。

明·沈际飞:此在汴京念秣陵事作,读不忍竟。(《草堂诗余续集》)

又云:"终日谁来"四字惨。(《南唐二主词》汇笺引语)

清·陈廷焯:起五字极凄婉,而来势妙,极突兀。(《大雅集》卷一)

又:起五字凄婉,却来得突兀,故妙,凄恻之词而笔力精健,古今词人谁不低首。(陈廷焯《云韶集》卷一)

清·侯文灿本《南唐二主词》在词后注:"传自池州夏氏"六字。

浪淘沙

帘外雨潺潺①。春意将阑②,罗衾③不奈④五更寒。梦里不知身是⑤客,一饷⑥贪欢。

独自莫凭阑⑦。无限关⑧山,别时容易见时难。流水落花春去⑨也,天上人间。

【题解】

这首词《草堂诗余》、《词的》、《古今诗余醉》本调下有题"怀旧"。《啸余谱》调下有题"春暮怀旧"。吕远本《南唐二主词》作"浪淘沙令"。其他各本《南唐二主词》作"浪淘沙"。这首词的意境很悲苦,是李煜被俘后所作。《苕溪渔隐丛话》前集卷三十一引蔡绦《西清诗话》云:"南唐李后主归朝后,每怀江国,且念嫔妾散落,郁郁不自聊。尝作长短句帘外雨潺潺云云,含思凄婉,未几下世。"所以这首词向来被视为李煜的绝笔之作。这首词艺术水平很高,运用白描的手法,以梦中贪欢反衬现实生活的惨淡。

【注释】

①潺潺:水流的声音,形容雨很大。

②将阑:将尽,快过去了。吴讷《百家词》旧抄本、吕远本、侯文灿本、萧

江声抄本《南唐二主词》、《类说》、《行营杂录》、《金玉诗话》、《雪舟脞语》本均作"将阑"，其余诸本作"阑珊"。

③罗衾：《草堂诗余正集》"衾"下注："一作衣。误。"詹安泰按现存各本没有作"罗衣"的，认为沈氏所见到本子现已消失了。

④奈：吴讷《百家词》旧抄本、吕远本、侯文灿本《南唐二主词》、《苕溪渔隐丛话》、《诗话总龟》、《金玉诗话》、《花庵词选》、《妙选》及陈钟秀校《草堂诗余》、《花草粹编》、玄览斋本《花间集》、《啸余谱》作"暖（煖）"。萧本、晨本《二主词》、《类说》、《词的》、《诗余图谱》、《古今词统》、《词律》、《历代诗余》、《全唐诗》、《词谱》、《词林纪事》作"耐"。《行营杂录》、《金玉诗话》、《尧山堂外纪》作"奈"。

⑤是：《花草粹编》作"似"。

⑥一饷：吕本、侯本、《花草粹编》、《词综》、《词律》、《全唐诗》、《历代诗余》、《词谱》、《词林纪事》均作"一晌"。吴本《二主词》、《金玉诗话》作"向"。

⑦莫凭阑：《金玉诗话》作"倚阑干"。《花间集补》、《词综》、《历代诗话》卷一百三十引《词苑》、《全唐诗·附词》、《词林纪事》作"暮凭阑"。

⑧关：《二主词》、《苕溪渔隐丛话》、《诗话总龟》、《行营杂录》、《尧山堂外纪》、《词苑丛谈》均作"关"，《花庵词选》、《草堂诗余》、《花草粹编》、《花间集补》、《啸余谱》、《诗余图谱》、《毛订》、《词综》、《词律》、《全唐诗》、《历代诗余》、《词林纪事》均作"江"。

⑨春去：吴讷《百家词》旧抄本、吕远本、侯文灿本、萧江声抄本《南唐二主词》、《花庵词选》、玄览斋本《花间集》、《词综》均作"归去"。《苕溪渔隐丛话》、《诗话总龟》、《西清诗话》、《词苑丛谈》作"何处"。吴讷本、侯文灿本《南唐二主词》注："一作何处。"

【汇评】

宋·胡仔：蔡绦《西清词话》云：南唐李后主归朝后，每怀江国，且念嫔妾散落，郁郁不自聊，尝作长短句云："帘外雨潺潺（下略）。"含思凄婉。未几下世。（《苕溪渔隐丛话》前集卷五九）

宋·吴曾：《颜氏家训》云："别易会难，古人所重，江南饯送，下泣言离。北间风俗不屑此，歧路言离，欢笑分首。"李后主长短句，盖用此耳。故云：

"别时容易见时难。"又云:"别易会难无可奈。"然颜说又本《文选》陆士衡《答贾谧诗》:"分索则易,携手实难。"(《能改斋漫录》卷十六)

　　明·沈际飞:"梦里"语妙,那知半生富贵,醒亦是梦耶?末句,可言不可言,伤哉。(《草堂诗余正集》卷一)

　　明·李攀龙:结句"春去也",悲悼万状。(《草堂诗余隽》卷二)

　　明·徐士俊:花归而人不归,寓感良深,若作"春去也",便犯春意句。(《古今词统》卷七)

　　清·许昂霄:《浪淘沙》全首语意惨然。(《词综偶评》)

　　清·谭献:雄奇幽怨,乃兼二难。后起稼轩,稍伧父矣。(《谭评词辨》卷二)

　　清·陈廷焯:结得怨悒,尤妙在神不外散,而有流动之致。(《词则·大雅集》卷一)

　　清·陈锐:古诗"行行重行行",寻常白话耳;赵宋人诗亦说白话,能有此气骨否?李后主词"帘外雨潺潺",寻常白话耳;金元人词亦说白话,能有此缠绵否?(《襄碧斋词话》)

　　清·贺裳:南唐主《浪淘沙》曰:"梦里不知身是客,一晌贪欢。"至宣和帝《燕山亭》则曰:"无据,和梦也有时不做。"情更惨矣。呜呼,此犹《麦秀》之后有《黍离》也。(《皱水轩词筌》)

　　清·郭麐:绵邈飘忽之音,最为感人深至。李后主之"梦里不知身是客,一晌贪欢"所以独绝也。(《灵芬馆词话》卷二)

　　清·张德瀛:李后主词"梦里不知身是客,一饷贪欢",张蜕岩词"客里不知身是梦,只在吴山",行役之情,见于言外,足以知畦径之所自。(《词徵》卷一)

　　清·吴瑞荣:此词略摹失路焚巢之象,令人俗碎唾壶。此间甚乐,较蜀主似为有情。(《唐诗笺要》后集卷八)

　　清·王闿运:高妙超脱,一往情深。(《湘绮楼词选》)

虞美人

　　春花①秋月②何时了,往事知多少?小楼③昨夜又东④风,故国不堪回⑤首月明中。

雕栏玉砌应犹⑥在，只是⑦朱颜改，问君⑧能⑨有几⑩多愁，恰⑪似⑫一江春水向东流。

【题解】

这首词向来被认为是李煜的绝命词，寄托了李煜对故国无法排遣的思念。

吴讷《唐宋名贤百家词》本、汲古阁《词苑英华》本《尊前集》调作"虞美人影"。又《尊前集》注"中吕调"，王仲闻曰：唐宋词宫调无"中吕调"之称，认为系"中吕宫"之误也。各本调下注："《尊前集》共八首，后主煜重光词也。"（侯文灿本无此注）吴讷本《南唐二主词》中"煜"误作"烟"。《草堂诗余》、《啸余谱》、《古今诗余醉》题作"感旧"。王仲闻《南唐二主词校订》案："此词以下至《喜迁莺》共十首，《乌夜啼》、《临江仙》二首不见于《尊前集》，余八首《尊前集》俱载之，与注相合。其间不知何故别羼入二词。又《蝶恋花》、《菩萨蛮》各一首，注：'见《尊前集》'而不计入八首之内，亦未知何故。"王仲闻按："此首别作宋柳永词，见《清平山堂话本·柳耆卿诗酒玩江楼记》，无稽之谈，不可据。"

【注释】

①花：《花间集补》误作"月"。

②月：萧本、晨本《二主词》、《尊前集》、《唐宋诸贤绝妙词选》作"叶"。

③楼：马令《南唐书》卷五作"园"。

④东：马令《南唐书》卷五作"西"。

⑤回：马令《南唐书》卷五作"翘"。

⑥应犹：《南唐二主词》、《尊前集》作"依然"，除此以外各本作"应犹"，宋陈元龙《详注周美成词片玉集》卷二《玲珑四犯》词注引作"应犹"。刘继增《南唐二主词笺》云"二字旧抄本作应犹"。《清平山堂话本》"犹"作"由"。

⑦只是：《草堂诗余正集》"是"字字下注："一作怪。"

⑧问君：彊村本《尊前集》作"不知"。

⑨能：吴讷《百家词》旧抄本、吕远本、侯文灿本、萧江声抄本《南唐二主词》、彊村本《尊前集》作"都"。陈钟秀校《草堂诗余》、玄览斋本《花间集》作"还"。《栗香室丛书》本、晨本《二主词》、《后山诗话》、《苕溪鱼隐丛话》前集卷五十引《后山诗话》、《古今词统》、《词综》、《古今词话》卷上、《历代诗余》、《全唐诗》、《词林纪事》卷二又卷六引《后山诗话》作"能"。《苕溪渔隐丛话》后集卷三十九作"那"。《野客丛书》卷二十、《藏一话腴》内编卷上、《唐宋诸贤绝妙词选》、四印齐刻陈钟秀本《草堂诗余》、《花间集补》、《填词图谱》、《古今词话》词话卷上引王弇州，又词辨卷上作"还"。《草堂诗余正集》、《古今诗余醉》作"却"。

⑩几：萧本、晨本《二主词》、《古今词话》词话卷上引王世贞作"许"。萧本、晨本注："许多一作几多。"（萧本无"一"字）刘继增《南唐二主词笺》云"旧抄本作许"。

⑪恰：《藏一话腴》、《弇州山人词评》、《诗余图谱》作"却"。

⑫似：彊村本《尊前集》、《类编草堂诗余》、《尧山堂外记》、刘继曾笺本《南唐二主词》、《啸余谱》作"是"。《啸余谱》注"当作似"。

【汇评】

宋·龙衮：（引见王铚《默记》卷下）李后主小周后随后主归朝，封郑国夫人，例随命妇入宫。每一入辄数日而出，必大泣骂后主，声闻于外，多宛转避之。（《江南录》）

宋·王铚：徐铉归朝，为左散骑常侍，迁给事中。太宗一日问：曾见李煜否？铉对以"臣安敢私见之"。上曰："卿第往，但言朕令卿往相见可矣。"……卒言："有旨不得与人接，岂可见也？"铉曰："我乃奉旨来见。"老卒往报。徐入，立庭下久之。老卒遂入取旧椅子相对。铉遥望见，谓卒曰："但正衙一椅足矣。"顷间，李主纱帽道服而出。铉方拜，而李主遽下阶引其手以上。铉告辞宾主之礼，主曰："今日岂有此理。"徐引椅少偏，乃敢坐。后主相持大哭。乃坐，默不言。忽长吁叹曰："当时悔杀了潘佑、李平。"铉既去，乃有旨再对。询后主何言，铉不敢隐。遂有秦王赐牵机药之事。牵机药者，服之前却数十回，头足相就如牵机状也。又后主在赐第，因七夕命故伎作乐。声闻于外。太宗闻之大怒。又传"小楼昨夜又东风"及"一江春

水向东流"之句,并坐之,遂被祸。(《默记》卷上)

宋·陆游:李煜归朝后,郁郁不乐,见于词语。在赐第,七夕命故伎作乐,闻于外。太宗怒,又传"小楼昨夜又东风"及"一江春水向东流"之句,并坐之,遂被祸。(《避暑漫钞》)

宋·陈师道:王荓,平甫之子,尝云:"今语例袭陈言,但能转移耳。"世称秦词"愁如海"为新奇,不知李国主已云"问君能有几多愁?恰似一江春水向东流",但以"江"为"海"尔。(《后山诗话》)

宋·王楙:《后山诗话》载王平甫子荓谓秦少游"愁如海"之句,出于江南李后主"问君能有几多愁,恰似一江春水向东流"之意;又有所自。乐天诗曰:"欲识愁多少,高于滟灏堆。"刘禹锡诗曰:"蜀江春水拍山流,水流无限似侬愁。"得非祖此乎?则知好处前人皆已道过,后人但翻而用之耳。(《野客丛书》卷二十)

宋·罗大经:诗家有以山喻愁者。如少陵诗云:"忧端如山来,澒洞不可掇。"赵嘏云:"夕阳楼上山重叠,未抵春愁一倍多。"是也。有以水喻愁者,李颀云:"请量东海水,看取浅深愁。"李后主云:"问君能有几多愁,恰似一江春水向东流。"秦少游云:"落红万点愁如海。"是也。贺方回云:"试问闲愁知几许,一川烟草,满城风絮,梅子黄时雨。"盖以三者比愁之多也,尤为新奇。兼兴中有比,意味更长。(《鹤林玉露》卷七)

宋·陈郁:太白云:"请君试问东流水,别意与之谁短长。"江南后主曰:"问君能有几多愁,恰似一江春水向东流。"略加融括,已觉精采。至寇莱公则谓"愁情不断如春水。"少游云:"落红万点愁如海。"青出于蓝而胜于蓝矣。(《藏一话腴》内编卷上)

宋·俞文豹:诗有一联一字唤起一篇精神。……李颀诗:"请量东海水,看取浅深愁。"李后主词:"问君能有几多愁?恰似一江春水向东流。"(《吹剑录》)

明·卓人月:徐士俊云:只一"又"字,宋元以来抄者无数,终不厌烦。(《古今词统》卷八)

明·陈霆:煜以七夕日生。是日燕饮声伎,彻于禁中。太宗衔其有"故国不堪回首"之词,至是又愠其酣畅,乃命楚王元佐等携觞就其第而助之

欢。酒阑，煜中牵机药毒而死。（《唐余记传》）

明·董其昌：山谷羡后主此词。荆公云："未若'细雨梦回鸡塞远，小楼吹彻玉笙寒'尤为高妙。"（《评注便读草堂诗余》卷三）

明·王世贞："归来休放烛花红，待踏马蹄清夜月。"《玉楼春》致语也。"问君能有几多愁，却似一江春水向东流。"情语也。后主直是词手。（《弇州山人词评》）

清·尤侗：诗何以"余"哉？"小楼昨夜"，《哀江头》之余也；"水殿风来"，《清平调》之余也；"红藕香残"，《古别离》之余也；"将军白发"，《从军行》之余也；"今宵酒醒"，《子夜》、《懊侬》之余也；"大江东去"，鼓角横吹之余也，诗以"余"亡，亦以"余"存。（《延露词序》）

清·王士祯：钟隐入汴后，"春花秋月"诸词，与"此中日夕只以眼泪洗面"一帖，同是千古情种，较长城公煞是可怜。（《花草蒙拾》）

清·沈雄：李后主词："春花秋月何时了（下略）。"当以此阕为最。（《古今词话·词辨》上卷）

清·冯金伯：王介甫问黄鲁直，李后主词何句最佳。鲁直举"问君能有几多愁，恰似一江春水向东流"。介甫以为未若"细雨梦回鸡塞远，小楼吹彻玉笙寒"。介甫之言是矣。顾以专论后主之词可耳，尚非词之至也。若总统诸家而求极致，于不食烟火，不落言诠，如女中之有国色，无事矜庄修饰，使当之者忽然自失，而未由仿佛其皎好，其惟太白"暝色入高楼，有人楼上愁"乎！惜乎今之才人，动而不静，往而不返，识此宗趣者盖寡。（《词苑萃编》卷二引《词洁》）

清·王士祯：宋邵伯温曰："南唐李煜以太平兴国三年（978）七月七日卒。吴越王钱俶以雍熙四年（987）八月二十四日卒。二君归宋，奉朝请于京师。其卒之日俱其始生之辰。太宗于是日遣中使赐以器币，与之燕饭，皆饮毕卒，盖太宗杀之也。余按野史，李后主以七夕诞辰，命故伎于赐第作乐侑饮，声闻于外，太宗闻之大怒。又传其小词"小楼昨夜又东风，故国不堪回首月明中"之句，由是怒不可解。是李之祸，词语促之也。因记钱邓王有句云："帝乡烟雨锁春愁，故国山川空泪眼。"其感伤时事，不减于李，然则其诞辰之祸，岂亦缘是也？（《五代诗话》卷一引《稗史汇编》）

又:钟隐入汴后,"春花秋月"诸词与"此中日夕只以眼泪洗面"一帖,同是千古情种,较长城公煞是可怜。(《花草蒙拾》)

清·陈廷焯:一声恸歌,如闻哀猿,呜咽缠绵,满纸血泪。(《云韶集》卷一)

清·王闿运:常语耳,以初见故佳,再学便滥矣。朱颜本是山河,因归宋不敢言耳。若直说山河改,反又浅也。结亦恰到好处。(《湘绮楼词选》前编)

存疑词

三台令

不寐倦长更,披衣出户行。月寒秋竹冷,风切夜窗声。

【题解】

沈雄《古今词话·词辨》卷上:"《三台》舞曲,自汉有之。唐王建、刘禹锡、韦应物诸人有宫中、上皇、江南、突厥之别。"此词沈雄《古今词话》引《教坊记》作后主词。《教坊记》亦载五、七言体,如:"不寐倦长更,披衣出户行。月寒秋竹冷,风分夜窗声。"传是李后主《三台词》。又传为唐无名氏所作,见郭茂倩《乐府诗集》,题作《上皇三台》。又传为韦应物作,见明嘉靖本《万首唐人绝句》卷七及《全唐诗》卷二十六;而韦集汲古阁本《韦苏州集》、《四部丛刊》本《韦江洲集》均不收此词。或因为《乐府诗集》此首前为韦应物《三台》两首,洪迈《万首唐人绝句》及《全唐诗》遂误以此首亦韦所作,一并收入。王国维辑本《南唐二主词》列入补遗,兹依王辑本收入。

开元乐

心事数①茎白发,生涯一片青②山。空林③有雪相待,野④路无人自⑤还。

【题解】

此词诸本《南唐二主词》及总集皆未收录,惟邵长光辑录《南唐二主词》稿本,据东坡题跋(《东坡全集·跋李后主〈开元乐〉词》)录之,兹依邵辑本收入。此词又传为顾况作,见《万首唐人绝句》卷二十六。

【注释】

①数：清刻本《诗人玉屑》作"千"。日本刊本仍作"数"。

②青：《万首唐人绝句》作"春"。赵宧光本仍作"青"。

③林：《南唐二主词汇笺》误作"山"。

④野：《东坡题跋》、《万首唐人绝句》、《诗话总龟》前集卷六作"古"。

⑤自：同上作"独"。

【汇评】

苏轼：李主好书神仙腾遁之词，岂非遭罹多故，欲脱世网而不得者耶？
（《东坡全集·跋李后主〈开元乐〉词》）

浣溪纱

转烛①飘蓬②一梦归，欲寻陈迹怅人非，天教心愿与身违。
待月池台空逝水③，映花④楼阁谩斜晖，登临不惜更沾衣。

【题解】

这首词并见《阳春集》。《花草粹编》作冯延巳作。《全唐诗》、《历代诗余》均作后主作。

【注释】

①转烛：是说世事随时变化，如同转烛一样。

②飘蓬：草名，秋枯根拔，随风飘转。

③逝水：《花草粹编》作"游水"，当系刊误。

④映花：《阳春集》、《花草粹编》、刘补本均作"荫花"。《全唐诗》作
"映"。

柳　枝

风情①渐老见春羞,到处芳②魂感旧游。多见③长条似相识,强垂烟穗④拂人头。

【题解】

柳枝:原为民间歌谣,名《折杨柳》。乐府瑟调曲有《折杨柳行》。横吹有《折杨柳歌辞》。清商曲辞有《月节折杨柳歌》。唐白居易居洛邑,翻制六朝之《折杨柳歌辞》得十二首,与刘禹锡唱和。新声传入教坊,声情轻隽,与《竹枝》大同小异,与七绝微有区分,共二十八字,诗名《杨柳枝》,词名《柳枝》。宋张邦基《墨庄漫录》卷二:"江南李后主尝于黄罗扇上书赐宫人庆奴云:'风情渐老见春羞(余词略)。'庆奴,南唐一宫人小字。后主诗,实柳枝词也。"王仲闻《南唐二主词校订》案:"此首别见宋姚宽《西溪丛语》卷上、邵博《邵氏闻见后录》卷十七、张邦基《墨庄漫录》卷二、明顾起元《客座赘语》卷四、清《全唐诗》第一函第二册(题作赐宫人庆奴),未云是词。沈雄《古今词话》、《历代诗余》并引《客座赘语》(《历代诗余》实引沈雄《古今词话》之说,未检原书)以为《柳枝词》,未知何据。"

【注释】

①风情:风月的情绪,也指男女在风晨月夕谈情说爱的情事。

②芳:《西溪丛语》、《邵氏见闻后录》、《墨庄漫录》、《客座赘语》、《全唐诗》作"消"。

③见:同上作"谢"。

④穗:同上作"态"。植物的花实结聚在茎端的叫"穗"。烟穗:烟笼罩着的穗,形容很茂密,与"柳如烟"、"柳生烟"同样的表达。

【汇评】

宋·张邦基:江南李后主曾于黄罗扇上书赐宫人庆奴云:"风情渐老见

春羞，……"想见其风流也。扇至今传在贵人家。(《墨庄漫录》卷二)

宋·姚宽《西溪丛话》：毕景儒有李重光黄罗扇写诗一首，云："风情渐老见春羞，到处销魂感旧游。多谢长条似相识，强垂烟态拂人头。"后细字云"赐庆奴"。庆奴似官人小字，诗似柳诗。

明·顾起元："见春羞"三字，新而警。(《客座赘语》卷四)

清·《御选历代诗余》卷一百十三引《客座赘语》：南唐宫人庆奴，后主尝赐以词，云："风情渐老见春羞，到处芳魂感旧游。多见长条似相识，强垂烟穗拂人头。"书于黄罗扇上，流落人间。盖《柳枝词》也。

后庭花破子

玉树后庭前，瑶草①妆镜边。去年花不老，今年月又圆。莫教偏，和月和花②，天③教④长少年。

【题解】

《词谱》卷二：《后庭花破子》，《太平乐府》注：仙吕调。《唐书·礼乐志》：夷则羽，俗呼仙吕调。此金元小令，与唐词《后庭花》、宋词《玉树后庭花》异。所谓破子者，以其繁声入破也。此词又传为元好问所作，见明弘治高丽刊本《遗山乐府》。《花草粹编》收此词，未标作者姓名，四印斋本《阳春集》补遗后附注："《词辨》上卷引陈氏《乐书》云：'《后庭花破子》，李后主、冯延巳已相率为之。'此词李作冯作，惜未载明。各本选录李词，亦无此阕。"《词谱》亦云：《后庭花破子》调创自金元，与《乐书》所谓"李后主、冯延巳已相率为之"之语又不相符。

王国维辑本《南唐二主词》列在补遗中，兹依王辑本收入。

沈雄《古今词话》词辨卷上云"《后庭花破子》，李后主、冯延巳相率为之。则是'玉树后庭前……'"，此词李作抑冯作，沈雄未有说明。王仲闻《南唐二主词校订》案："王灼《碧鸡漫志》卷五详考《后庭花》曲，未云有《后庭花破子》。《后庭花破子》,始见金元人集中,元好问《遗山乐府》、王恽《秋涧先生大全集》、邵亨贞《蚁术词选》俱有之(邵词名后庭花,无破子二字)。北曲仙吕宫有《后庭花》(见杨朝英《乐府新编阳春白雪》后集卷一,又《朝野新声太平乐府》卷五),字句与此词正同。是《后庭花破子》,乃金元小令,《词谱》亦云'此调创自金元',沈雄所云'李后主、冯延巳相率为之',实无稽之谈。此词乃金元好问所作,见《遗山乐府》卷下。元作《后庭花破子》两首。第一首即此首,第二首云'夜夜璧月圆,朝朝琼树新。贵人三阁上,罗衣拂绣荫。后庭人,和花和月,共分今夜春'。俱用陈后主叔宝故事,俱有'和花和月'句。集内此二首后,尚附有孙正卿梁和词一首。此词必非李后主或冯延巳之作。此词又见《花草粹编》卷一,无撰人姓氏。"

【注释】

①草:《遗山乐府》作"华"。

②和月和花:《遗山乐府》《花草粹编》作"和花和月"。

③天:各家补遗俱作"天"。康熙己巳宝翰楼原刻本《古今词话》实作"大",唐圭璋《词话丛编》本亦讹作"天"。

④教:《遗山乐府》、《花草粹编》作"家"。

【汇评】

清·沈雄:陈氏《乐书》曰:本清商曲,赋《后庭花》,孙光宪、毛熙震赋之,双调四十四字。又有《后庭花破子》,李后主、冯延巳相率为之,则是"玉树后庭前,瑶草妆镜边。去年花不老,今年月又圆。莫教偏,和月和花,大教长少年"。是单调三十二字,俱与古体《玉树后庭花》异,非"璧月夜夜满,琼树朝朝新",为商女所歌也。杨慎云:"无限江南新乐府,君王独赏后庭花。"(《古今词话·词辨》上卷)

清·况周颐:《后庭花破子》,李后主、冯延巳已相率为之。"玉树后庭前"单调三十二字,见《古今词话·词辨》卷上引陈氏《乐书》。王恽、邵亨贞、赵孟頫并有此词。万氏《词律》不收,谓是北曲,不知南唐已创此调也。(《香海棠馆词话》)

更漏子

金雀钗^①，红粉面，花里暂时相见。知我意，感君怜^②，此情须问天。

香作穗^③，蜡成泪，还似两人心意。山枕腻^④，锦衾寒，夜来^⑤更漏残。

【题解】

更漏子，又名"付金钗"、"独倚楼"、"翻翠袖"、"无漏子"。《尊前集》注"大石调"，《黄钟商》又注"商调"（夷则商）。《金奁集》入"林钟商调"。《词律》卷四、《词谱》卷六列此词。这首词见于五代赵崇祚辑《花间集》、晚唐温庭筠《金奁集》、明陈耀文辑《花草粹编》诸书中，一直视为温庭筠的作品。按《花间集》成书时间，当时李煜年方四五岁，显然不能创作此词。且此词风格与温庭筠风格非常相似，故当为温庭筠的作品。

【注释】

①金雀钗：华贵的首饰。是钗头缀上金雀形的钗，古代妇女插在头上用以挽头发的。如《长恨歌》："花钿委地无人收，翠翘金雀玉搔头。"又作金爵钗。曹植《美女篇》："头上金爵钗，腰佩翠琅玕。"

②"知我意"二句：上句主语是君，下句主语是我。怜：爱。

③香作穗：谓香烧成了灰烬，像穗一样坠落下来。此处形容男子心冷如香灰。

④山枕腻：谓枕头为泪水所污。山枕：枕头堆叠如山。腻：指泪污。

⑤夜来：《花间集》、《金奁集》、《花草粹编》、《历代诗余》均作"觉来"。

更漏子

柳丝长①,春雨细,花外漏声②迢递③。惊寒④雁,起⑤城⑥乌,画屏金鹧鸪。

香雾薄,透重⑦幕,惆怅谢家池阁。红烛背,绣帏⑧垂,梦长君不知。

【题解】

《尊前集》注"大石调"。(一题温庭筠作)

吴讷《唐宋名贤百家词》本《尊前集》注云"《金奁集》作温飞卿"。毛晋汲古阁《词苑英华》本《尊前集》注云"《金荃集》作温飞卿"。《彊村丛书》本《尊前集》无此注,谅为梅禹金抄本所夺。

此首别见《花间集》卷一、《金奁集》、《唐宋诸贤绝妙词选》卷一、《花草粹编》卷四、《词综》卷一、《历代诗余》卷十五、《全唐诗》第十二函第十册(词三),俱作温庭筠词。此首既见于《花间集》,决非后主所作。《尊前集》题作李王,有误。宋人或误以此词为苏轼作,见傅幹《注坡词》傅共序。

【注释】

①丝:吴讷《唐宋名贤百家词》本《尊前集》作"絮"。《彊村丛书》本校记云:"原本丝作絮,从毛本。"

②漏:古代记时的工具。

③迢递:亦作"迢遰","迢遞",亦作"迢递",遥远貌。

④寒:《彊村丛书》本《尊前集》、《花间集》及各本引温庭筠词作"塞"。

⑤起:吴讷《唐宋名贤百家词》本《尊前集》误作"赵"。

⑥城:《花间集》及各本引温庭筠词作"城"。吕远本作"寒"。

⑦重:同上各本作"帘"。

⑧帷：同上各本作"帘"。

忆王孙

萋萋芳草忆王孙①，柳外楼高空断魂。杜宇②声声不忍闻。欲黄昏，雨打梨花深闭门③。

【题解】

关于这首及下面三首《忆王孙》词的作者，宋代黄升的《唐宋诸贤绝妙词选》、明代陈耀文的《花草粹编》都认为是宋人李重元的作品，清夏秉衡编《清绮轩词选》始题为李重光所作。盖"重光"为"重元"之误，故王仲闻推断这四首词为李重元作品，但"明人或清初人即已误作李煜，不始于《清绮轩词选》也"。又《御选历代诗余》将这四首词误为李甲。李甲，字景元，盖亦"重元"之误。陈钟秀本《草堂诗余》卷上、《类编草堂诗余》卷一、《词的》卷一、《词谱》卷一以第一首秦观词。

又，《词的》、《清绮轩词选》题作"春景"。《唐宋诸贤绝妙词选》题作"春词"。《花草粹编》题作"春"。

【注释】

①萋萋芳草忆王孙：淮南小山《召隐士》："王孙游兮不归，春草生兮萋萋。"萋萋：草长得茂盛的样子。

②杜宇：传说中的古蜀国国王，死后化为鸟。

③雨打梨花深闭门：唐刘方平《春怨》诗："寂寞空庭春欲晚，梨花满地不开门。"

忆王孙

　　风蒲猎猎①小池塘,过雨荷花满院香。沈李浮瓜冰雪凉。竹方床,针线慵②拈午梦长。

【题解】

　　成书于宋代的《草堂诗余》题曰"周美成"。《清绮轩词选》题作"夏景"。《唐宋诸贤绝妙词选》题作"夏词"。《花草粹编》题作"夏"。

【注释】

　　①猎猎:形容物体随风飘拂的样子。

　　②慵:困倦,懒得动。

忆王孙

　　飕飕风冷荻花①秋,明月斜侵独倚楼。十二珠帘不上钩,黯凝眸,一点渔灯古渡头。

【题解】

　　《词林万选》以为是与之词,《彊村丛书》本《范文正公诗余》归之于范成大。王仲闻认为俱误。《唐宋诸贤绝妙词选》题作"秋词"。《花草粹编》题作"秋"。

【注释】

　　①荻花:多年生草本植物。形状像芦苇,地下茎蔓延,叶子长形,生长

在水边,茎可以编席箔。荻花初开为紫色花穗,快凋谢的时候是白色。

忆王孙

同云^①风扫雪初晴,天外孤鸿三两声。独拥寒衾不忍听,月笼明,窗外梅花瘦影^②横。

【题解】

《类编草堂诗余》认为是欧阳修词。《清绮轩词选》题作"冬景"。《唐宋诸贤绝妙词选》题作"冬词"。《花草粹编》题作"冬"。

【注释】

①同云:《唐宋诸贤绝妙词选》作"彤云"。彤云:阴云。

②瘦影:《类编草堂诗余》作"影瘦"。

鹧鸪天

节候^①虽佳境渐阑,吴绫已暖越罗寒。朱扉日暮随^②风掩,一树藤花独自看。

云鬟乱,晚^③妆残,带恨眉儿远岫攒。斜托香腮春笋嫩,为谁和泪倚阑干。

【题解】

这首及下首《鹧鸪天》,清贺裳《皱水轩词诠》及清徐釚《词苑丛谈》认为是李煜所作,王仲闻《南唐二主词校订》从文辞角度考证,认为这两首词系伪作。今从王说。

【注释】

①候:《历代诗余》作"气"。

②随:《蕙风词话》作"无"。

③晚:《海山仙馆丛书》本《词苑丛谈》作"晓"。

【汇评】

清·贺裳:李重光"深院静"小令,升庵曰:词名《捣练子》,即咏捣练也。复有"云鬐乱"一篇,其调亦同,众刻无异。常见一旧本,则俱系《鹧鸪天》,二词之前各有半阕。"节候虽佳景渐阑。吴绫已暖越罗寒。朱扉日暮随风掩,一树藤花独自看。云鬐乱,晚妆残。带恨眉儿远岫攒。斜托香腮春笋嫩,为谁和泪倚阑干。""塘水初澄似玉容。所思还在别离中。谁知九月初三夜,露似珍珠月似弓。深院静,小庭空。断续寒砧断续风。无奈夜长人不寐,数声和月到帘栊。"增前四语,觉神彩加倍。(《载酒园诗话》)

清·徐釚:李重光"深院静"小令一阕,升庵曰词名《捣练子》,即咏捣练也。复有"云鬐乱"一篇,其词亦同,众刻无异。尝见一旧本,则俱系《鹧鸪天》,二词之前,各有半阕。其"云鬐乱"一阕云:"节候虽佳景渐阑,吴绫已暖越罗寒。朱扉日暮随风掩,一树藤花独自看。云鬐乱,晚妆残,带恨眉儿远岫攒。斜托香腮春笋嫩,为谁和泪倚阑干。"其"深院静"一阕云:"塘水初澄似玉容,所思远在别离中。谁知九月初三夜,露似珍珠月似弓。深院静,小庭空,断续寒砧断续风。无奈夜长人不寐,数声和月到帘栊。"(《词苑丛谈》卷十)

鹧鸪天

塘水初澄似玉容,所思还①在别离中。谁知九月初三夜,露似珍珠月似弓。

深院静,小庭空,断续寒砧②断续风。无奈夜长人不寐,数声和月到帘栊。

【题解】
详参上首词。

【注释】
①还：《蕙风词话》作"犹"。
②寒砧：《蕙风词话》作"声随"。

南歌子

云鬟裁新绿，霞衣曳晓红。待歌凝立翠筵中，一朵彩云何事下巫峰①。

趁拍鸾飞镜②，回身燕扬空。莫翻红袖过帘栊，怕被杨花勾引嫁东风。

【题解】
世界文库本《南唐二主词》引云南杨氏刻《三李词》以此词为李后主作，又传为苏轼作，《东坡全集》题作《舞妓》，见汲古阁六十名家词本《东坡词》。王仲闻先生考证为苏轼作品，其说可从。详参其《南唐二主词校订》。

【注释】
①"一朵"句：用宋玉《高唐赋》典。
②鸾飞镜：即鸾镜。据南朝宋范泰《鸾鸟诗》序中记载："昔罽宾王结置峻祁之山，获一鸾鸟，王甚爱之，欲其鸣而不致也。乃饰以金樊，飨以珍馐。对之逾戚，三年不鸣。夫人曰：'闻鸟见其类而后鸣，何不悬镜以映之？'王从言。鸾睹影感契，慨焉悲鸣，哀响中霄，一奋而绝。"后就用"鸾镜"指化妆时用的镜子。

青玉案

　　梵宫^①百尺同云^②护,渐白满苍苔路。破腊梅花李早露。银涛无际,玉山万里,寒罩江南树。

　　啼影乱天将暮,海月纤痕映烟雾。修竹低垂孤鹤舞。杨花风弄,鹅毛天剪,总是诗人误。

【题解】

《古今诗余醉》卷十四录此词为李后主作,不知何据。王仲闻认为其词意浅显,风格与李煜不类,断为不是李煜作品。

【注释】

①梵宫:寺庙。

②同云:即"彤云",红的云。

秋　霁

　　虹影侵阶,乍雨歇长空,万里凝碧。孤鹜高飞,落霞相映,远状水乡秋色。黯然望极,动人无限愁如织。又听得,云外数声,新雁正嘹呖。当此暗想,画阁轻抛,杳然殊无,些个消息。漏声稀,银屏冷落,那堪残月照窗白。衣带顿宽犹阻隔。算此情苦,除非宋玉风流,共怀伤感,有谁知得。

【题解】

词见《类选笺释草堂诗余》卷五,《草堂诗余》后集卷上题作陈后主。王仲闻《南唐二主词校订》已辨其后主词作,姑录词于此。

残句二

别易会难无可奈

【题解】

宋吴曾《能改斋漫录》卷十六:"别易会难"条:《颜氏家训》曰:"别易会难,古人所重。江南饯送,下泣言离。北间风俗不屑此,岐路言离,欢笑分首。"李后主长短句盖用此耳,故云:"别时容易见时难。"又云:"别易会难无可奈。"然颜说又本《文选》陆士衡答贾谧诗云:"分索则易,携手实难。"

细雨湿流光

【题解】

《雪浪斋日记》云:荆公问山谷云:"作小词曾看李后主词否?"云:"曾看。"荆公云:"何处最好?"山谷以"一江春水向东流"为对,荆公云:"未若'细雨梦回鸡塞远,小楼吹彻玉笙寒',又'细雨湿流光'最好。"

但其实这一句出自冯延巳的《南乡子》,非李后主作品。

丙卷 |

全文新编

书　评

　　善法书①者,各得右军②之一体。若虞世南③得其美韵而失其俊迈,欧阳询④得其力而失其温秀,褚遂良⑤得其意而失其变化,薛稷⑥得其清而失于拘窘,颜真卿⑦得其筋而失于粗鲁⑧,柳公权⑨得其骨而失于生犷,徐浩⑩得其肉而失于俗,李邕⑪得其气而失于体格,张旭⑫得其法而失于狂;独献之⑬俱得之而失于惊急,无蕴藉⑭态度⑮。此历代宝之为训,所以夐⑯高千古。柔兆执徐⑰暮春之初,清辉西阁因观《修禊序》⑱,为张泊⑲评此。

【题解】

　　本文写于后周显德三年(956),是年后周首攻南唐。当时国事告急,但作为诸王之一的李煜的生活并没有受到影响。在弥漫的战争硝烟中,李煜吟诗作画,品题文字,似乎还沉浸在与大周后新婚的喜悦中,内心不见一丝波澜。在这篇评论历代书法家的书评中,李煜极力推崇王羲之书法,许之为历代书家之渊源。并借用荀子评子游、子夏等得孔子一体说,评论历代著名书家与王羲之的关系,虽不曾明言,但显然是以王羲之为尽善尽美且不可企及。尤其值得关注的是,李煜在这篇书法评论中,对书法美学进行了较为全面的阐述,这对于我们探讨李煜的书法思想,乃至李煜的艺术思想都具有很高的价值。需要指出的是,《全唐文》收录此文止于"无蕴藉态度",此据南宋桑世昌之《兰亭考》录文。

【注释】

　　①法书:名家的书法范本。亦用来称誉别人的书法。

　　②右军:即王羲之(303—361 或 321—379),东晋书法家,字逸少,琅琊

临沂人。永和(345—356)中拜为右军将军、会稽内史,故后人称之为王右军。王羲之擅长书法,少从卫夫人(铄)学书法,后草书学张芝,正书学钟繇。王兼善隶、草、楷、行各体,精研体势,心摹手追,广采众长,备精诸体,冶于一炉,一变汉魏以来波挑用笔,独创圆转流利之风格,隶、草、正、行各体皆精,影响深远,被奉为"书圣"。其《兰亭集序》为历代书法家所敬仰,被誉作"天下第一行书"。其书法平和自然,笔势委婉含蓄,遒美健秀,世人常用曹植的《洛神赋》中"翩若惊鸿,宛若游龙,荣曜秋菊,华茂春松。仿佛兮若轻云之蔽月,飘飘兮若流风之回雪"一句来赞美王羲之的书法之美。

③虞世南(558—638):字伯施,越州余姚人,仕隋为秘书郎,入唐官至秘书监。唐太宗称他德行、忠直、博学、文词、书翰为五绝("世南一人,有出世之才,遂兼五绝。一曰忠谠,二曰友悌,三曰博文,四曰词藻,五曰书翰")。《旧唐书》卷七十二及《新唐书》卷一百零二之本传云:"世南性沉静寡欲,笃志勤学。……同郡沙门智永善王羲之书,世南师焉,妙得其体,由是声名藉甚。"虞世南从王羲之七世孙智永学书,故书法继承二王传统。外柔内刚,笔致圆融冲和而有遒丽之气。擅正、行、草书,其楷书笔圆体方,外柔内刚,无雕饰习气。与欧阳询、褚遂良、薛稷并称唐初四大书家。

④欧阳询(557—641):字信本,潭州临湘(今长沙)人。楷书四大家(欧阳询、颜真卿、柳公权、赵孟頫)之一。欧阳询练习书法最初仿效王羲之,后独辟蹊径自成一家。尤其是他的正楷骨气劲峭,法度严整,被后代书家奉为圭臬,以"欧体"之称传世。唐张怀瓘《书断》称:"询八体尽能,笔力劲险。篆体尤精,飞白冠绝,峻于古人,拟龙蛇战斗之象,云雾轻笼之势,几旋雷激,操举若神。真行之书,出于太令,别成一体,森森焉若武库矛戟,风神严于智永,润色寡于虞世南。其草书迭荡流通,视之二王,可为动色;然惊其跳骏,不避危险,伤于清之致。"宋《宣和书谱》誉其正楷为"翰墨之冠"。

⑤褚遂良(596—658或659):字登善,浙江钱塘(今杭州市)人。在唐初书家四巨头中,褚遂良当算晚辈。其书体学的是王羲之、虞世南、欧阳询诸家,且能登堂入室,自成体系。其特色是善把虞、欧笔法融为一体,方圆兼备,波势自如,比前辈更显舒展,深得唐太宗李世民的赏识。李世民曾以内府所藏王羲之墨迹示褚,让他鉴别真伪,他无一误断,足见他对王的书法

研习之精熟。由于继传统而能创格，《唐人书评》中把褚遂良的字誉为"字里金生，行间玉润，法则温雅，美丽多方"，连宋代不以唐书为然的大书画家米芾也用最美的词句称颂他"九奏万舞，鹤鹭充庭，锵玉鸣珰，窈窕合度"，以表明褚的字体结构有着强烈的个性魅力。

⑥薛稷（649—713）：字嗣通，蒲州汾阳（今山西汾阳）人，官至太子少保，世称"薛少保"。是魏征之甥。从魏处获观所藏虞、褚书法，临习精勤，遂以善书名世。其书得于褚者为多。唐人说："买褚得薛，不失其节。"但"用笔纤瘦，结字疏通，又自别为一家"，其弟薛曜与之同一师承，但更纤细，是徽宗"瘦金体"的前源。其真书的代表作品为《信行禅师碑》，该碑刻于武后时（684—704）。石已久佚。唯清代何绍基藏有宋孤本，现已流入日本。唐代书家林立，众派纷呈，固然与经济的繁荣和文化艺术的活跃有一定的联系。唐代君主大多数能书，特别是太宗李世民尤为突出。他对唐代书法的发展起了重要的推动作用。

⑦颜真卿（709—784）：字清臣，唐京兆万年（今陕西西安）人，唐代大书法家。颜真卿为琅琊氏后裔，家学渊博，六世祖颜之推是北齐著名学者，著有《颜氏家训》。颜真卿少时家贫缺纸笔，用笔醮黄土水在墙上练字。初学褚遂良，后师从张旭得笔法，又汲取初唐四家特点，兼收篆隶和北魏笔意，完成了雄健、宽博的颜体楷书的创作，树立了唐代的楷书典范。他的楷书一反初唐书风，行以篆籀之笔，化瘦硬为丰腴雄浑，结体宽博而气势恢宏，骨力遒劲而气概凛然。这种风格也体现了大唐帝国繁盛的风度，并与他高尚的人格契合，是书法美与人格美完美结合的典例。他的书体被称为"颜体"，与柳公权并称"颜柳"，有"颜筋柳骨"之誉。颜体书对后世书法艺术的发展产生了深远影响，唐以后很多名家，都从颜真卿变法成功中汲取经验。尤其是行草，唐以后一些名家在学习二王的基础之上再学习颜真卿而建树起自己的风格。苏轼曾云："诗至于杜子美，文至于韩退之，画至于吴道子，书至于颜鲁公，而古今之变，天下之能事尽矣。"（《东坡题跋》）

⑧得其筋而失于粗鲁：明代杨慎《墨池璅录》卷二记载李煜评颜真卿字："有楷法而无佳处，正如扠手并足如田舍郎翁耳。"盖批评颜体没有晋代书法的韵味。

⑨柳公权(778—865):字诚悬,唐代著名书法家,京兆华原(今陕西铜川市耀州区)人,因官至太子少师,世称"柳少师"。柳公权书法以楷书著称,与颜真卿齐名,人称"颜柳"。他的书法初学王羲之,后取颜、欧之长,在晋人劲媚和颜书雍容雄浑之间,形成了自己的柳体。柳体以骨力劲健见长,故后世有"颜筋柳骨"的美誉。

⑩徐浩(703—783):字季海,越州(今浙江省绍兴)人,唐代著名书法家。少举明经,历任中书舍人、国子祭酒、工部侍郎、吏部侍郎、集贤殿学士,封会稽郡公。徐浩擅长隶、行、草书,尤精于楷书,著有《论书》(又称《法书论》)。他的书法曾得到父亲徐峤的传授,风格圆劲肥厚,自成一家。《新唐书·徐浩传》形容他的书法如怒猊抉石,渴骥奔泉。而唐吕总《续书评》认为他的真、行书固多精熟,但无意趣。

⑪李邕(678—747):字泰和,广陵江都(今江苏省扬州市)人,大学者李善之子。因曾任北海太守,故世称"李北海"。李邕能诗善文,工书法,尤擅长行、楷书,是唐碑的重要书家。他的书法初学右军,又参以北碑及唐初诸家楷书及行书笔意,变法图新,形成了他自己鲜明的风格特征,"骨气洞达,奕奕如有神力"(《宣和书谱》)。故人称"右军如龙,北海如象"(明董其昌《跋李北梅缙云三帖》中语)。李邕的行书对后世行书的发展产生了很大的影响,宋元的几位大书法家如苏轼、黄庭坚、赵孟頫等无不受其影响。

⑫张旭(675—750?):字伯高,一字季明,唐朝吴(今江苏苏州)人,唐代著名书法家。其于书法尤善草书,故人称"草圣"。张旭为人洒脱不羁,卓尔不群,因他常喝得大醉后,就呼叫狂走,然后落笔成书,甚至以头发蘸墨书写,故又有"张癫"之雅称。其草书继承"二王",又取法张芝,创造出潇洒磊落、变幻莫测又惊世骇俗的狂草。韩愈《送高闲上人序》称"旭之书,变动犹鬼神,不可端倪,以此终其身而名后世"。《宣和书谱》亦曰"后之论书,凡欧虞褚薛皆有异论,至旭,无所短者"。书法之外,张旭又工诗,与贺知章、张若虚、包融号称"吴中四士"。

⑬献之:即王献之,字子敬,东晋琅琊临沂人,书法家、书圣王羲之第七子。王献之幼年随父羲之学书法,兼学张芝。其书法众体皆精,尤以行草著名,敢于创新,不为其父所囿,为魏晋以来的今楷、今草作出了卓越贡献,

在书法史上被誉为"小圣",与其父并称为"二王"。

⑭蕴藉:含蓄,含而不露。

⑮态度:气势,姿态。

⑯夐:高超。

⑰柔兆执徐:古人以天干地支纪年,柔兆为天干之"丙",执徐为地支之"辰"。丙辰年为公元956年,当后周显德三年。

⑱《修禊序》:即《兰亭序》。修禊:古代民俗,即在上巳节(三月的第一个巳日)这一天到水边沐浴,以拂除不祥。

⑲张洎(934—997):字师黯,改偕仁,滁州全椒(今安徽全椒)人。南唐进士,历任南唐知制诰、中书舍人,参与机密,恩宠第一。入宋后,历任太子中允、中书舍人、翰林学士,仕至参知政事。

书 述

壮岁书亦壮,犹嫖姚十八从军①,初拥千骑,凭陵沙漠②,而目无全虏③。又如夏云奇峰④,畏日烈景⑤,纵横炎炎,不可向迩⑥,其任势也如此。老来书亦老,如诸葛亮董戎、韦叡接敌,举板舆自随,以白羽麾军⑦,不见其风骨⑧而毫素⑨相适,笔无全锋。噫! 壮老不同,功用则异。惟所能者,可与言之。

书有七字法,谓之"拨镫"⑩。自卫夫人⑪并钟、王⑫,传授于欧、颜、褚、陆⑬等,流于此日。然世人罕知其道者。孤以幸会,得受诲于先生⑭。奇哉,是书也! 非天赋其性,口授要诀,然后研功覃思⑮,则不穷其奥妙,安得不秘而宝之。所谓法者,抶、压、钩、揭、抵、导、送也。此字⑯亦有颜公真卿墨迹,尚存于世。余恐将来学者无所闻焉,故聊记之。

"抶"者,大指骨上节,下端用力欲直,如提千钧⑰。"压"

者,捺食指,著⑱中指旁。"钩"者,钩中指著指尖,钩笔令向下。"揭"者,揭名指著爪肉之间,揭笔令向上。"抵"者,名指揭笔,中指抵住。"拒"者,中指钩笔,名指拒定。"导"者,小指引名指过右。"送"者,小指送名指过左。

【题解】

李煜《书述》最早见存于宋代陈思的《书苑菁华》,但无最后一段对"拨灯法"解说的文字。这段解说"拨灯法"的文字见于《御定佩文斋书画谱》卷三,但也有自相矛盾之处。即其解说的不是七字"拨灯",而是八字。近人沈尹默在《书法论》中考证,谓五字执笔法的"擫、压、钩、格、抵"创自二王,而阐明于唐代的陆希声。而作为转指法的"拨灯法"四字法是晚唐卢肇依托韩吏部而密守,后来才传给林蕴(详见林蕴《拨灯序》)。把五字执笔法与转指四字法混而为一的是李煜,并在五字执笔法的基础上又加上了"导、送"(见宋人董更《书录》所引《皇朝内苑》)。所以沈尹默认为《书述》中的七字法是李煜参加了自己的意思而创造的。但《御定佩文斋书画谱》解说的却不是七字,而是八字,七字之外又加上了"拒"。看来这段解说文字也不一定出自李煜的《书述》。但无论如何,这段论书法文字反映了李煜的书法思想。在这篇文字中,李煜主要谈了两个方面的问题,一是书法风格与人的年龄之间有密切关系,年轻气盛时笔力雄健,年老历世则凝重雄浑。二是谈执笔法与运笔法。

李煜工书善画,又喜购藏古人墨宝,且钟、王真迹至多。他善写墨竹,尤工翎毛,凡署"钟隐笔"者(钟隐是李煜的别号"钟峰隐居"省称),皆其自画。书法则得笔于柳公权,特为遒劲,号称"金错刀"、"撮紧书"。所为"书评",称欧、虞、褚、薛、李、颜诸家,各得右军之一体,尤称特识。

【注释】

①嫖姚十八从军:此指西汉名将霍去病(前140—前117)。去病为武帝皇后卫子夫和大将军卫青的外甥。他十八岁进入仕途,善骑射,有气概。传见《汉书》卷五十五。嫖(piào)姚:劲疾之貌。

②"初拥千骑"二句:汉武帝元朔六年(前123),霍去病年仅十八岁,为嫖姚校尉。霍去病初任职,率八百骑兵远袭匈奴,斩杀二千余人,深受武帝的赞赏,被封为冠军侯。

③"目无全虏":一曰"目无劲敌"。

④夏云奇峰:形容草书笔势变化无定。唐代陆羽《怀素别传》载《释怀素与颜真卿论草书》:怀素与邬彤为友,尝从彤受笔法。彤曰:"张长史(张旭)私教彤云:'孤蓬自振,惊砂坐飞,余自是得奇怪。'草圣尽于此矣。"颜真卿曰:"师亦有自得乎?"素云:"吾观夏云多奇峰,尝师之,其痛快处如飞鸟入林,惊蛇入草。如遇坼壁之路,一一自然。"

⑤畏日烈景:夏天的太阳。《左传·文公七年》记晋国使者之言曰:"赵衰,冬日之日也;赵盾,夏日之日也。"杜预注:"冬日可爱,夏日可畏。"后因之称夏天的太阳为畏日。烈景:指烈日。

⑥向迩:向前,靠近。《尚书·盘庚上》:"若火之燎于原,不可向迩,其犹可扑灭。"

⑦"诸葛亮董戎,韦叡接敌,举板舆自随,以白羽麾军"四句:此处借诸葛亮、韦叡在战事中所表现的儒雅来形容书法风格。董戎:指统帅军队。板舆:也作"版舆",是老人乘坐的小车。《艺文类聚》卷六十七引《语林》:"诸葛武侯与宣皇在渭滨将战,宣皇戎服莅事,使人视武侯,乘素舆,葛巾毛扇,指挥三军,皆随其进止。宣皇闻而叹曰:'可谓名士矣。'"韦叡:字怀文,京兆杜陵(今陕西咸阳)人,随梁武帝萧衍起兵,仕梁官至护军将军。韦叡是梁时名将,长于军事指挥,累有战功,而体形瘦弱,着儒者服装,为人恂恂仁爱,"虽临阵交锋,常缓服乘舆,执竹如意以麾进止"(《南史》卷八),深受时人爱戴。传见《梁书》卷十二。韦叡,诸书所引皆作"明叡",唯《稗编》卷八十三作"韦叡"。麾军:指挥军队。

⑧风骨:刚正的气概。

⑨毫素:毛笔和写字作画时使用的白色细绢。后泛称纸笔。

⑩拨镫:书法用语,指作字运笔的方法。诸家解说大致可分三种,其一唐代林韫《拨镫序》:"镫,马镫也,盖以笔管着中指、无名指尖,令圆活易转动,笔皆直则虎口间圆如马镫也。足踏马镫浅则易转运,手执笔管亦欲其

浅则易转动矣。"其二《说郛》卷二九引宋陈宾《桃源手听·书法》:"钱邓州若水尝言,古之善书,鲜有得笔法者,唐陆希声得之,凡五字:擫、押、钩、格、柢,用笔双钩,则点画道劲而尽妙矣,谓之拨镫法。"其三明杨慎《拨镫法》:"镫,古灯字,拨镫、画沙、悬针、垂露,皆谕言。拨镫如挑灯,不急不徐也。"按照李煜的说法,则"拨灯"法创自卫夫人。然据近人沈尹默《书法论》考证,是李煜把四字诀和五字执笔法混为一谈,并增加了"导"、"送"二字。然后文解释又有"拒",故刘承干《南唐书补注》以为下文"此字"当为"此八字"。

⑪卫夫人(242—349):名铄,字茂猗,河东安邑(今山西夏县北)人,是晋代著名书法家。卫铄为汝阴太守李矩之妻,故世称卫夫人。卫氏家族世代工书,卫铄夫李矩亦善隶书。卫夫人师承钟繇,妙传其法,著有《笔阵图》。相传王羲之少时曾从其学书。

⑫钟:指三国时魏国著名书法家钟繇,相传他是小楷的创始人。王:指书圣王羲之。

⑬欧、颜、褚、陆:唐代书法家欧阳询、颜真卿、褚遂良、陆柬之。

⑭先生:即释辩光,《宋高僧传》卷三十有传,并记其工书法,尝从陆希声学五指拨灯诀。李煜曾从其学书。

⑮覃思:深思。

⑯此字:本或作"此八字"、"此七字"。

⑰千钧:三十斤为一钧,千钧即三万斤。常用来形容器物之重或力量之大。

⑱著:附着。

答张佖①谏书手批②

古人读书,不止为词赋口舌也。委质③事人,忠言无隐,斯可谓不辱士君子之风矣。朕纂承④之始,德政未敷,哀毁⑤

之中,智虑荒乱。深虞布政设教,有不足仰嗣先皇,下副民望。卿居下位,而首进谠谋⑥,十事焕美⑦,可举而行。朕必善初而思终,卿无今直而后佞,其中事件,亦有已于赦书⑧处分⑨者。

二十八日⑩。

【题解】

宋太祖赵匡胤建隆二年(961)三月,迫于北方宋王朝的威胁,南唐中主李璟迁都南昌,立吴王从嘉(李煜)为太子,留金陵监国。六月李璟病故。七月,李璟丧还金陵,李煜即位。二十八日,将仕郎守江宁府句容县尉张佖即上书陈十策,言辞激切:"臣以国家今日之急务,略陈其纲要,伏唯留听幸甚:一曰举简大以行君道,二曰略繁小以责臣职,三曰明赏罚以彰劝善惩恶,四曰慎名器以杜作威擅权,五曰询言行以择忠良,六曰均赋役以安黎庶,七曰纳谏诤以容正直,八曰究毁誉以远谗佞,九曰节用以行克俭,十曰克己以固旧好。亦在审先代之治乱,考前载之褒贬;纤芥之恶必去,毫厘之善必为;密取舍之机,济宽猛之政;进经学之士,退掊克之吏;察迩言以广视听,好下士以通蔽塞,斥无用之物,罢不急之务。此而不治,臣不信矣。"(宋郑文宝《江表志》卷三)

李煜读后,非常感动,当天即亲笔批示,并对张佖加以提拔,宋陈彭年《江南别录》说:"句容尉张佖上书,言为理之要,词甚激切。后主手诏慰谕,征为监察御史。"

【注释】

①张佖:字子澄,五代南唐文臣,常州(今属江苏)人,祖籍淮南。约生于932至937年间,不是《花间集》中的词人张泌。《花间集》结集时(940),张佖还是个几岁的小顽童。南唐中主保大十二年春(954)因徐铉向中主举荐而及第,释褐为句容尉、考功员外郎,进内史舍人。与徐铉有诗歌往还。建隆二年(961)上书后主陈治国十策而擢监察御史,随后主入宋后屡有升迁。宋太祖开宝九年(976)以右赞善大夫、判刑部,权知荣州(《续资治通鉴

113

长编》卷十七)。太宗太平兴国初以太常博士通判河南府(《宋会要辑稿》仪制七之一七)。淳化三年(992)以右谏议大夫判三司都勾院(《续资治通鉴长编》卷三十三)。寻为史馆修撰。五年(994),尚在任上,与范杲等同修国史(同上书卷三十五)。此后事迹失载,约卒于此后数年。张佖的诗赋没有一篇流传下来。前人多将张佖生平与唐末作家张泌相混,由于南唐张佖的"佖"和唐末张泌的"泌"均读作 bì,为同音而形近字,因此才有将"佖"误书作"泌"者。《全宋诗》不仅将张佖和张泌混为一人,还将唐末张泌的诗作全部收入。《十国春秋》卷二十五(作张泌)、三十有传。参见李定广《唐末五代乱世文学研究》一书之附录《千年张泌疑案断是非》(中国社会科学出版社,2006 年)。

②手批:皇帝亲手写的批语。

③委质:向君主献礼,表示忠贞献身。一说下拜,表示恭敬承奉之意。

④纂承:继承。

⑤哀毁:在丧事中过于哀伤而毁坏了身体。

⑥谠谋:正直的谋议。

⑦焕美:精彩。焕:光亮,鲜明。语本《论语·泰伯》:"焕乎,其有文章。"

⑧赦书:颁布赦令的文告。

⑨处分:处理,处置。

⑩二十八日:即宋太祖赵匡胤建隆二年(961)七月二十八日。本月,李璟丧还金陵。太子李从嘉嗣,更名煜,是为后主。二十八日,将仕郎守江宁府句容县尉张佖即上书陈十策,据此日期落款可知,李煜当天即亲自批复了这篇奏章。

即位上宋太祖表

臣本于诸子,实愧非才。自出胶庠^①,心疏利禄。被父兄之荫育，乐日月以优游。思追巢许②之余尘，远慕夷齐③之高义。既倾恳悃④，上告先君，固非虚词，人多知者。徒以伯仲继没⑤，次第推迁。先世谓臣克习义方⑥，既长且嫡，俾⑦司国事，遽易年华⑧。及乎暂赴豫章⑨，留居建业⑩，正储副⑪之位，分监抚⑫之权。惧弗克堪⑬，常深自励。不谓奄丁艰罚⑭，遂玷缵承⑮。因顾肯堂⑯，不敢灭性⑰。然念先世君临江表，垂⑱二十年，中间务在倦勤，将思释负。臣亡兄文献太子从冀⑲，将从内禅，已决宿心⑳。而世宗㉑敦劝既深，议言因息。及陛下显膺帝箓㉒，弥笃睿情㉓，方誓子孙，仰酬临照㉔，则臣向于脱屣㉕，亦匪邀名。既嗣宗祊㉖，敢忘负荷。惟坚臣节，上奉天朝。若曰稍易初心，辄萌异志，岂独不遵于祖祢㉗，实当受谴于神明。方主一国之生灵，遐赖九天之覆焘㉘。况陛下怀柔义广，煦妪㉙仁深，必假清光，更逾曩日㉚。远凭帝力，下抚旧邦，克获宴安㉛，得从康泰。然所虑者，吴越国㉜邻于敝土，近似深雠，犹恐辄向封疆，或生纷扰。臣即自严部曲㉝，终不先有侵渔㉞，免结衅嫌，挠干旒扆㉟。仍虑巧肆如簧之舌㊱，仰成投杼㊲之疑。曲构异端，潜行诡道㊳。愿回鉴烛，显论是非。庶使远臣，得安危恳。

【题解】

　　南唐自公元958年割淮南之地以奉后周，已去帝号、年号，奉周之正朔，表示附庸之意。公元960年赵匡胤立宋代周之后，改年号为建隆，南唐同时改行纪年，承认对宋朝的依顺。就在宋太祖赵匡胤建隆二年（961）的六月，李璟死于豫章（今南昌）。七月，灵柩运回建业（今南京），举办丧事。同年秋，原来留守南京的太子奉丧即位，改从嘉旧名为煜。尊母后，册皇后，封立诸弟为王，任命重臣，大赦天下，李煜正式登基，成为南唐国君，并即刻向宋朝传递消息。据李焘《续资治通鉴长编》卷二记载,建隆二年八月甲辰,李煜先派桂阳郡公徐遴北上,向宋太祖进奉父亲李璟的遗表。九月壬戌,再遣中书侍郎冯延鲁携贡金北上,向宋太祖进奉自己手书的即位之表。《宋史》卷四百七十八《南唐李氏世家》记载更为详细:"(李煜)遣户部尚书冯泌(延鲁)来贡金器二千两,银器二万两,纱罗缯彩三万匹,且奉表陈绍袭之意云云。"李煜即位后遣臣朝见宋朝,这种程序的先后与使者官阶的高低的安排,都可见初登基的李煜对宋朝极尽恭敬之心。

这篇上表即当时由冯延鲁奉上,题目当然为后人所改写。因"太祖"乃赵匡胤死后的庙号。有学者认为这篇表录自《宋史》卷四百七十八,没有奏章的范式,当不是完整的文字。《续资治通鉴长编》卷二记载此事说:"唐主手表自陈本志冲淡,不得已而绍袭,事大国不敢有二,邻于吴越,恐为所谗。"据此,当知本文应是上表的主体。

李煜表达的三层意思,其一,"不得已而绍袭";其二,"事大国不敢有二";其三,"邻于吴越,恐为所谗"。其一、二或许是例行公事,但其三却是李煜要申述的重点。李煜表明,自己对大宋忠心耿耿,却不能避免吴越的谗言而激怒大国。先表示南唐军队一定会自我约束,然后再恳求宋朝一定要烛鉴是非,正确审视南唐和吴越存在的矛盾。事实上,作为南方两大割据政权之一的吴越国彼时的处境同南唐一样。钱俶虽位在君王,但战战兢兢,如履薄冰,也是自顾不暇。而李煜之所以在这里郑重提出,实际上是表明自己清楚形势利害,希望宋太祖不要借此为口实而向南唐动武。通观这篇上表,阐明己意,斟酌其词,言辞谦卑。但李煜期望以礼义来打动甚或约束宋朝的扩张,实在是太天真了。《宋史》记载赵匡胤收阅这封上表,仅淡淡说了句"太祖诏答焉"。公元975年的冬天,金陵围城已近一年,破灭在即,李煜派徐铉去向宋太祖言理说情,殿廷之下,请问"李煜何罪?"开始时,赵匡胤还耐着性子听着徐铉的说辞,听得不耐烦时,打断了徐铉,说了一句:"不须多言。江南亦有何罪?但天下一家,卧榻之侧,岂容他人鼾睡!"(《东都事略》卷二十三)

【注释】

①胶庠:周代学校名,周时胶为大学,庠为小学,后世通称学校为"胶

116

庠"。

②巢许：巢父和许由的合称，传说中的隐士。巢父，为尧时代隐士。晋皇甫谧《高士传·巢父》："巢父者，尧时隐人也，山居不营世利，年老以树为巢而寝其上，故时人号曰巢父。"许由，相传尧让之以天下，不受，遂遁居于颍水之阳箕山之下。尧又召为九州岛岛长，由不愿闻，洗耳于颍水之滨。

③夷齐：伯夷和叔齐的并称。传说二人为商末孤竹君之子，孤竹君死后，遗命要立次子叔齐为继承人。叔齐让位给伯夷，伯夷不受，叔齐也不愿登位，一起逃到周国。周武王伐纣，二人叩马谏阻。武王灭商后，他们耻食周粟，采薇而食，饿死于首阳山。事见《吕氏春秋·诚廉》《史记·伯夷列传》等。

④恳悃(kǔn)：恳切忠诚。唐韩愈《论佛骨表》："上天鉴临，臣不怨悔，无不感激恳悃之至。"

⑤伯仲继没：兄长皆先后死去。李煜为李璟的第六子，李璟的次子至五子均早卒，长子李弘冀也暴卒。

⑥克习义方：行事能遵守规矩法度。克：能。义方：行事应遵守的规矩法度。《左传·隐公三年》："石碏谏曰：'臣闻爱子，教之以义方，弗纳于邪。'"

⑦俾：使。

⑧遽易年华：岁月流逝很快。遽：急促。易：改变。

⑨暂赴豫章：指李璟迁都豫章事。豫章亦即洪都，今江西南昌。

⑩留居建业：指李煜留守建业事。建业亦即金陵，今江苏南京。

⑪储副：国之副君，指太子。晋袁宏《后汉纪·顺帝纪》："太子，国之储副。"

⑫监抚：古时太子有监国抚军之责。《左传·闵公二年》："晋侯使太子申生伐东山皋落氏。里克谏曰：'太子奉冢祀社稷之粢盛，以朝夕视君膳者也，故曰冢子。君行则守，有守则从，从曰抚军，守曰监国，古之制也。'"

⑬克堪：胜任。

⑭奄：忽然。丁：遭逢。艰罚：惩罚，此指李璟亡故事。晋孝武帝即位诏："朕以不造，奄丁闵凶。号天扣地，靡知所诉。"

⑮缵承:继承。《周书·明帝纪》:"今朕缵承大业,处万乘之上。"

⑯肯堂:继承父业。《尚书·大诰》:"若考作室,既底法,厥子乃弗肯堂,矧肯构?"孔传:"以作室喻政治也,父已致法,子乃不肯为堂基,况肯构立屋乎?"后反其意而用之,以"肯堂肯构"或"肯构肯堂"、"肯堂"等比喻子能继承父业。堂:地基。

⑰灭性:毁灭本性。《孝经·丧亲》:"三日而食,教民无以死伤生。毁不灭性,此圣人之政也。"

⑱垂:接近。

⑲从冀:指李煜的大哥文献太子弘冀。陆游《南唐书》卷十六:"弘冀,元宗长子,故唐之末,民间相传谶曰:'有一真人在冀川,开口张弓向左边。'元宗欲其应之,乃名之曰弘冀。""显德六年七月,弘冀属疾……,九月丙午,卒。有司谥曰宣武。句容尉张洎上书,谓'世子之德,在侍膳问安,今标显武功,垂示后世,非所以防微杜渐也'。……元宗果大以为然,改谥曰文献。"

⑳宿心:指本来的心意,向来的心愿。《后汉书·皇后纪上·和熹邓皇后》:"上欲不欺天愧先帝,下不违人负宿心。"

㉑世宗:此指周世宗。

㉒帝箓:上天的符命,以指令某人为天子。箓:古称上天赐予帝王的符命文书,祥瑞之征。这里指公元960年,时任后周归德节度使、检校太尉、殿前都检点的赵匡胤发动兵变,黄袍加身,即皇帝位,改元建隆,定国号为宋。

㉓睿情:指皇帝的情意。睿:古时臣下对君王、后妃等所用的敬词。

㉔临照:即"照临",日光照射,此喻王者察理天下之事,《诗·小雅·小明》:"明明上天,照临下土。"或以喻恩泽,《诗·邶风·日月》:"日居月诸,照临下土。"

㉕脱屣:比喻看得很轻,无所顾恋,犹如脱掉鞋子。《汉书·郊祀志上》:"嗟乎!诚得如黄帝,吾视去妻子如脱屣耳!"颜师古注:"屣,小履。脱屣者,言其便易,无所顾也。"

㉖宗祊:祖宗之庙。祊(bēng):古代称宗庙之门,亦指庙门内设祭之

处。《左传·襄公二十四年》穆叔议论说:"若夫保姓受氏,以守宗祊,世不绝祀,无国无之。"杜预注:"祊,庙门。"

㉗祖祢:祖庙与父庙,后世泛指祖先。祖:指自祖父以上各辈尊长。

㉘覆焘:亦作"覆帱",犹覆被,意谓施恩,加惠于。

㉙煦妪:抚养,抚育。《礼记·乐记》:"天地䜣合,阴阳相得,煦妪覆育万物。"

㉚曩日:昔日,往日。

㉛宴安:逸乐,快乐。

㉜吴越国(907—978):五代十国之一。景福二年(893),钱镠为镇海节度使,移治临安(今杭州),后破越州(今浙江绍兴)擒董昌。尽占两浙十三州之地。唐昭宗天复二年(902),封越王。后梁太祖朱温即位,以镠为吴越国王。太平兴国三年(978),钱镠举族归宋。

㉝部曲:部曲本是汉代军队编制的名称,大将军营有五部,部下有曲。后泛指某人统率下的军队。

㉞侵渔:侵占以渔利。

㉟旒扆(liú yǐ):皇帝的代称。旒为皇帝的冕旒,扆为皇帝座位后的屏风。

㊱如簧之舌:善于花言巧语,能说会道。《诗经·小雅·巧言》:"巧言如簧,颜之厚矣。"

㊲投杼:比喻传闻众多,动摇了人原本的信心。典出《战国策·秦策二》:"昔者曾子处费,费人有与曾子同名族者,杀人。人告曾子之母曰:'曾参杀人。'曾子之母曰:'吾子不杀人也。'织自若。有顷,人又曰:'曾参杀人。'其母尚织自若。顷之,一人又告之曰:'曾参杀人。'其母惧,投杼逾墙而走。夫以曾子之贤,与母之信,而三人疑之,虽慈母不能信也。"杼:织布机的梭子。

㊳诡道:诡诈之术。

批韩熙载^①奏

言妩而辨^②，古人恶之。熙载俸有常秩^③，锡赉^④尚优，而谓厨无盈日，无乃过欤！

【题解】

录自马令《南唐书》十三。

韩熙载本来家财颇丰，除了每月丰厚的俸禄收入外，由于他文章写得极好，文名远播，江南贵族、士人、僧道载金帛求其撰写碑碣的人不绝于道，甚至有以千金求其一文者，加上皇帝的赏赐，遂使韩熙载成为南唐朝臣中为数不多的富有之家。正因为韩熙载家富于财，所以他才有条件蓄养伎乐，广招宾客，宴饮歌舞。

宋周密《癸辛杂识》前集记载："熙载相江南，后主即位，颇疑北人，有鸩死者。熙载惧祸，因肆情坦率，不遵礼法。破其家财，售妓乐数百人，荒淫为乐，无所不至。所受月俸至不能给，遂敝衣破履，作瞽者，持弦琴，俾门生舒雅执板挽之，随房乞丐，以足日膳。后人因画《夜宴图》以讥之，然其情亦可哀矣。"

即便家财耗尽，仍未有所改变，每得月俸，就散于诸伎，以至于搞得自己一无所有。每到这个时候，他就会换上破衣烂衫，装成盲叟模样，手持独弦琴，令门生舒雅执板，敲敲打打，逐房向诸伎乞食，大家都习以为常了。有时碰到伎妾与诸生私会，韩熙载便不进其门，还笑着说不敢打扰你们的好兴致。以至于有的伎妾夜奔宾客寝处，其客有诗云："最是五更留不住，向人头畔着衣裳。"

韩熙载的这种行为，有意造成了放荡不羁、不堪重用的影响。但是他毕竟有一个人口众多的家庭，仅靠游戏般的乞讨是不能解决问题的。在不能度日、无可奈何的情况下，他只好向后主上表哭穷，后主李煜虽然不满，但还是以内库之钱赏赐。于是韩熙载索性不再上朝，被人弹劾，贬为右庶子，分司于南都，即于洪州安置。韩熙载遂尽逐诸伎，一面单车上路，一面上表乞哀，当后主将他挽留下来后，以前所逐诸伎又纷纷返回，韩熙载也重新回到了以往那种纵情声色的日子。后主李煜感叹：我都不知道该怎么办。

后主李煜曾经想拜韩熙载为相，这在《宋史》、《新五代史》、《续资治通鉴长编》、《湘山野录》、《玉壶清话》、陆游《南唐书》等诸多典籍中都有所记载，应该是确实无疑的，这也很可能是李煜派人去韩熙载家绘制夜宴生活图景的原因。在诸多的传闻之下，李煜颇想知道真相，以便确定是否重用。顾闳中大概就是领受了这样的使命，夜至其第，窃窥之，目识心记，图绘以上。还有一种说法，见于《五代史补》，说韩熙载晚年生活荒纵，每当延宾客请谒，先让女仆与之相见，或调戏，或殴击，或加以争夺靴笏，无不曲尽，然后韩熙载才缓步而出，习以为常。同时还有医人及烧炼僧数人，每次来无不升堂入室，与女仆等杂处。后主李煜知道之后，虽然很生气，但是因为韩熙载是朝中大臣，不想直指其过，于是命待诏画图以赐之，使其自愧。不管怎么说，从这一点来看，后主李煜了解韩熙载夜生活的目的，都是出于善意，或欲重用，或欲促其能有所改正。

韩熙载是一个具有远大政治抱负的人，见识学问都有许多独到之处，他入仕南唐以来多次进言，均能切中时弊。但是至后主李煜统治时期，南唐统治岌岌可危，而李煜却不想有所作为。韩熙载知大势已不可扭转，遂纵情于清歌艳舞之中，这种行为是朝野清议所不能容忍的，也与一个朝廷大员的身份极不相称。也不能不引起人们的颇多猜测。

关于韩熙载纵情声色、躲避拜相的真正原因，陆游《南唐书·韩熙载传》与《钓矶立谈》等书均说：韩熙载"认为中原王朝一直对江南虎视眈眈，一旦真命天子出现，我们连弃甲的时间都没有了。在这种情况下，我如何能够接受拜相，成为千古之笑谈？"在这一时期，韩熙载的政治抱负和理想完全破灭了，而且亡国当俘虏的命运迫在眉睫，个人内心和客观现实的错综复杂的矛盾与痛苦在折磨着他，使他除了以声色自娱来安慰和消磨自己外，已别无出路。这就是我们看到《夜宴图》中的韩熙载在欢宴时，非但不是心情欢畅，反而表现出悒悒不乐、心情沉重的表情，其根本原因就在于

121

此。宋太祖开宝三年(970),韩熙载去世,卒年六十九岁。

【注释】

①韩熙载(902—970):字叔言,五代十国南唐宰相,青州人。后唐同光进士,因父被李嗣源所杀而逃离中原南奔,南唐李昪时,任秘书郎,辅太子于东宫。李璟时,熙载迁吏部员外郎,史馆修撰,兼太常博士,拜中书舍人。后主李煜即位后,任命韩熙载为吏部侍郎,兼修国史。不久因为改铸钱币之事,韩熙载与宰相严续争论于御前,韩熙载辞色俱厉,声震殿廷。后主因其失礼,改授秘书监。不到一年,又再次任命他为吏部侍郎,并升任兵部尚书、充勤政殿学士承旨。后又因为其旷达不羁、放纵声色,被人弹劾,贬为太子右庶子、分司南都,即于洪州安置。韩熙载上表乞哀,于是又被留了下来,重任旧职。韩熙载博学,善文,史称"制诰典雅,有元和之风"。其又工书法,与徐铉齐名。性放荡,爱蓄妓。其卒后追封为右仆射同平章事,谥"文靖"。有《定居集》、《拟议集》(已佚)、《格言》50余篇。

②言妩而辨:言辞不实但华美而巧妙。

③常秩:一定的俸禄。秩:俸禄。

④锡赍:赏赐。

批韩熙载奏二则①

熙载咄咄②,意要出钱。支分破除,广引妓路,如去临川一使,币帛轻怯,措大③无失也。且日俸五十余千,谓之不足,则竭国家之产,不过养得百十个措大尔。

既无迁善④之心,遂掇⑤自贻之咎⑥。表陈悔过,览之怆然⑦,可得许本职在阙下。

【注释】

①录自《类说》卷十八引《江南野录》。

122

②咄咄:气盛貌。此指韩熙载上疏求贷事。

③措大:指贫寒失意的读书人。

④迁善:改恶从善。《孟子·尽心上》:"杀之而不怨,利之而不庸,民日迁善而不知为之者。"

⑤掇:拾取。

⑥自贻之咎:自己招来的过错。

⑦怆然:悲伤的样子。

岐王墓志铭

呜呼!庭兰①伊何,方春而零。掌珠②伊何,在玩而倾。珠沈③媚泽,兰陨芳馨。人犹沮恨④,我若为情。萧萧极野,寂寂重扃⑤。与子长诀,挥涕吞声。噫嘻哀哉!

【题解】

见《悼诗》。

本文收于徐铉文集中,附于徐铉《岐王墓志铭》后。原墓志铭文有二,此为其二。徐铉《书岐王墓志铭后》:"又铭一首,至尊所作。上省'庭兰'、'掌珠'之句,谓得比兴之实,遂广其意,发为斯文。亲迁宸翰,批于纸尾,足以厚君亲之义,行慈孝之风。是用勒石,永光泉户。谨记。"据此,则此铭为李煜所作。铭文中的岐王为李煜次子,名仲宣,卒年仅四岁。

【注释】

①庭兰:庭植之兰,喻才德出众之人。《晋书·谢安传》:"安尝戒约子侄,因曰:'子弟亦何豫人事,而正欲使其佳?'诸人莫有言者。玄答曰:'譬如芝兰玉树,欲使其生于庭阶耳。'安悦。"

②掌珠:即"掌上明珠",比喻受父母疼爱的儿女,多指女儿。

③沈:同"沉"。

④沮恨:沮丧痛惜。

⑤扃(jiōng):门,门户。

昭惠周后诔①

天长地久,嗟嗟蒸民②。嗜欲既胜③,悲叹纠纷。缘情攸宅④,触事来津⑤。赀⑥盈世逸,乐鲜愁殷⑦。沉乌逞兔⑧,茂夏凋春。年弥念旷,得故忘新。阙景颓岸⑨,世阅川奔⑩。外物交感,犹伤昔人。诡梦高唐⑪,诞夸洛浦⑫,构屈平虚⑬,亦悯终古。况我心摧⑭,兴哀有地。苍苍何辜⑮,歼予伉俪。

窈窕难追⑯,不禄⑰于世。玉润珠融,殒然破碎。柔仪俊德,孤映鲜双,纤秾⑱挺秀,婉娈⑲开扬。艳不至冶⑳,慧或无伤。盘申奚戒㉑,慎肃㉒惟常。环珮爱节㉓,造次有章㉔。含颦发笑,擢秀腾芳。鬓云留鉴,眼彩飞光。情澜春媚,爱语风香。瓌姿㉕禀异,金冶昭祥。婉容无犯㉖,均教多方。茫茫独逝,舍我何乡?

昔我新婚,燕尔情好㉗。媒无劳辞,筮无违报㉘。归妹㉙邀终,咸爻㉚协兆。俯仰同心,绸缪是道㉛。执子之手,与子偕老㉜。今也如何,不终往告㉝?呜呼哀哉!

志心既达,孝爱克全。殷勤柔握㉞,力折危言㉟。遗情昑昑㊱,哀泪涟涟。何为忍心,览此哀编。绝艳㊲易凋,连城㊳易脆。实曰能容,壮心是醉。信美堪餐,朝饥是慰㊴。如何一旦,同心旷世㊵?呜呼哀哉!

丰才富艺,女也克肖㊶。采戏㊷传能,奕棋㊸逞妙。媚动占

124

相㊹，歌綮柔调。兹鼗㊺爰质，奇器传华。翠虬㊻一举，红袖飞花。情驰天际，思栖云涯。发扬㊼掩抑，纤紧洪奢㊽。穷幽极致，莫得微瑕。审音者仰止㊾，达乐者兴嗟。曲演来迟，破传邀舞㊿，利拨迅手，吟商呈羽○51。制革常调，法移往度。觐遍繁态，蔼成新矩。霓裳○52旧曲，韬音沦世○53。失味齐音，犹伤孔氏○54。故国遗声○55，忍乎湮坠。我稽其美，尔扬其秘。程度○56余律，重新雅制○57。非子而谁，诚吾有类。今也则亡，永从遐逝○58。鸣呼哀哉！

该兹硕○59美，郁此芳风，事传遐禩○60，人难与同。式瞻虚馆○61，空寻所踪。追悼良时，心存目忆。景旭雕甍○62，风和绣额。燕燕交音○63，洋洋○64接色。蝶乱落花，雨晴寒食○65。接輦穷欢，是宴是息。含桃○66荐实，畏日○67流空。林彫晚箨○68，莲舞疏红。烟轻丽服，雪莹修容。纤眉范○69月，高髻凌风。辑柔尔颜○70，何乐靡从？蝉响吟愁，槐凋落怨。四气穷哀，萃○71此秋宴。我心无忧，物莫能乱。弦乐清商○72，艳尔醉盼○73。情如何其，式歌且宴。寒生蕙幄○74，雪舞兰堂。珠笼○75暮卷，金炉夕香。丽尔渥丹○76，婉尔清扬○77。厌厌夜饮○78，予何尔忘？年去年来，殊欢逸赏。不足光阴，先怀怅怏○79。如何倏然，已为畴曩○80？呜呼哀哉！

孰谓逝者，荏苒○81弥疏。我思姝子○82，永念犹初。爱而不见○83，我心毁如○84。寒暑斯疚，吾宁御诸○85？呜呼哀哉！

万物无心，风烟若故。惟日惟月，以阴以雨○86。事则依然，人乎何所？悄悄房栊○87，孰堪其处？呜呼哀哉！

佳名镇在，望月伤娥。双眸永隔，见镜无波。皇皇望绝，心如之何？暮树苍苍，哀摧无际。历历前欢，多多遗致。丝竹声悄，绮罗香杳。想涣乎忉怛○88，恍越乎悴憔。呜呼哀哉！

岁云暮㊿兮，无相见期。情眷乱㊱兮，谁将因依！维昔之时兮亦如此，维今之心兮不如斯。呜呼哀哉！

神之不仁兮，敛怨为德㊲；既取我子兮，又毁我室㊳。镜重轮兮何年，兰袭香兮何日？呜呼哀哉！

天漫漫兮愁云噎㊴，空暧暧㊵兮愁烟起。峨眉寂寞兮闭佳城㊶，哀寝悲氛兮竟徒尔㊷。呜呼哀哉！

日月有时兮龟蓍既许㊸，箫笳㊹凄咽兮旂常㊺是举。龙辀㊻一驾兮无来辕㊼，金屋㊽千秋兮永无主。呜呼哀哉！

木交枸㊾兮风索索，鸟相鸣兮飞翼翼。吊孤影兮孰我哀，私自怜兮痛无极。呜呼哀哉！

夜寤瘝皆感兮，何响不哀？穷求弗获兮，此心隳摧㊿。号无声兮何续，神永逝兮长乖⓰。呜呼哀哉！

杳杳香魂，茫茫天步⓱，抆血⓲抚榇⓳，邀子何所？苟云路⓴之可穷，冀传情于方士⓵！呜呼哀哉！

【题解】

后周显德元年（954），李煜十八岁时纳南唐开国老臣、同时又是李昇的亲信周宗之女周娥皇为妻，是谓大周后。史书记载，大周后不仅品貌出众，而且多才多艺。她工琵琶，中宗李璟将自己心爱的烧槽琵琶赐赠给她；又精通音律，能"命笺缀谱，喉无滞音，笔无停思，俄顷谱成"。她又是"采戏"行家，弈棋高手。尤其值得称赏的是，她与李煜不仅在艺术方面情趣相投，即便是对佛教的信仰，也是惊人地相似。马令《南唐书·浮屠传》记载李煜与大周后常"顶僧伽帽，披袈裟，课诵佛经，跪拜顿颡，至为瘤赘"。可以想见，李煜与大周后婚后生活是非常幸福的。然而仅仅十年后，乾德二年（964），大周后因病溘然长逝，所有的这一切随着大周后的去世都匆匆消失了。大周后死后，李煜伤心异常。陆游《南唐书》卷十六记载："后主哀甚，自制诔刻之石，与后所爱金屑檀槽琵琶同葬，又作书燔之与诀，自称鳏夫煜,其辞数千言,皆极酸楚。"李煜所燔之书是否即是这篇诔文,不可确考。而这篇诔文确实也道出了李煜对大周后的深情。文章追述了大周后的美貌及才情,详述了她恢复盛唐大曲《霓裳羽衣曲》的事。尤其是融入了自己的深情,写了自己内心深沉的痛苦,似乎任何一件不起眼的小事或小物件都能勾起他对大周后的回忆,都能让自己痛不欲生,确实可称得上是一篇至情至性之文。

【注释】

①昭惠周后诔:昭惠皇后周娥皇诔辞。宋马令《南唐书》卷六《女宪传》:"后主昭惠后周氏,小字娥皇,大司徒宗之女,甫十九岁,归于王宫。……殂于瑶光殿之西室,时乾德二年十一月甲戌也,享年二十九岁。明年正月壬午,迁灵柩于园寝……陵曰懿陵,谥昭惠。方是时,南唐虽去帝号,而其余制度尚未减损,如元帝之葬,犹称皇帝,故昭惠虽谓之国后,而群臣国人皆称曰皇后焉。"诔:亦称诔文、诔辞,悼念死者的文字。

②蒸民:众民,百姓。蒸:同"烝",众,多。

③胜:通"盛",兴盛、旺盛。

④攸宅:所在、所居。

⑤津:渡口,乃会集之地。

⑥赀:财物。

⑦殷:深,多。

⑧沉乌逞兔:意谓日落月升。乌:古代神话传说太阳中有三足乌,因引之为太阳的代称。或曰古代传说中后羿射日,被射太阳落在地上化为乌鸦,故以乌鸦为日精。兔:指神话传说中月亮里有白兔,后借指月亮。

⑨阙景颓岸:日食山崩。阙景:日食。阙:同"缺"。详参《诗经·小雅·十月之交》。

⑩世阅川奔:意为看万事消逝如流水不可逆转。《论语·子罕》:"子在川上曰:逝者如斯夫,不舍昼夜。"世阅:即"阅世"。

⑪诡梦高唐:谓两人相处,如高唐一梦。高唐:宋玉《高唐赋》写楚王游于云梦,望云梦泽中高唐之观,梦见巫山神女,幸而去之。

⑫诞夸洛浦:陈思王曹植著《洛神赋》,写他在洛水之滨与洛水女神宓

127

妃相会之事。洛浦:洛水之滨。此指神话传说中的洛水女神宓妃。

⑬构屈平虚:尽管构思曲折,仍可以辨其虚假。平(biàn)虚:意谓辨别真伪。平,通"辨",辨治。

⑭心摧:即"摧心",极度伤心。

⑮苍苍何辜:上天为何要施加惩罚。苍苍:天之色,代指天。辜:罪,这里用作动词,意为降罪。

⑯窈窕:代指贤明妃子。《诗经·关雎》:"窈窕淑女,君子好逑。"《毛诗序》认为这是写后妃之德。难追:比不上。

⑰不禄:指年少而亡。《礼记·曲礼下》:天子死曰"崩",诸侯曰"薨",大夫曰"卒",士曰"不禄",庶人曰"死"。意谓不禄以代耕,而今遂死,是不终其禄。若年少而死者,则从士之称,故曰不禄。大周后年二十九死,故李煜这样说。

⑱纤秾:盛美貌。

⑲婉娈:美好貌。

⑳冶:容态妖媚。

㉑盘申奚戒:赞扬妻子德性天成,无须教训。《春秋谷梁传·桓公三年》记嫁女之礼说:"礼,送女,父不下堂,母不出祭门,诸母兄弟不出阙门。父戒之曰:'谨慎从尔舅之言。'母戒之曰:'谨慎从尔姑之言。'诸母般申之曰:'谨慎从尔父母之言。'"注:"般,囊,所以盛朝夕所须以备舅姑之用。"般:同"鞶",是女子所用以盛放物品的丝织袋,系于腰间。申:即绅,丝带。这是以伯母婶婶系带佩囊并作叮嘱来概括女子出嫁之时必受教训的古礼。舅姑:丈夫的父母,今称公婆。

㉒慎肃:端庄谨严。

㉓环珮爰节:意谓行动举止从容有度,合乎礼仪。环珮:佩环佩玉。节:节奏。《玉藻》曰:"进则揖之,退则扬之,然后玉锵鸣也。环取其无穷止,玉则比德焉。"《礼记·经解》:"行步则有环佩之声,升车则有鸾和之音。"

㉔造次:匆忙,慌乱。章:法度。

㉕瑰姿:美好的姿容。宋玉《神女赋》:"瑰姿玮态,不可胜赞。"

㉖婉容:和顺的仪容。无犯:不可侵犯。

㉗"昔我"两句：意谓新婚燕尔,情谊谐好。语出《诗经·邶风·谷风》："燕尔新婚,如兄如弟。"

㉘媒无劳辞,筮无违报：此两句意谓二人心心相印,情谊深长,不劳媒人之美言。《楚辞·九歌·湘君》："心不同兮媒劳,恩不甚兮轻绝。"占卜问筮,不会违背神明的旨意。筮：古代向神明占问吉凶的一种方法。《诗经·卫风·氓》："尔卜尔筮,体无咎言。"

㉙归妹：《易》卦名,六十四卦之一,震上兑下,兑为少女,故谓妹,以嫁震男,故称"归妹"。王弼注曰："妹者,少女之称也。兑为少阴,震为长阳;少阴而乘长阳,说(悦)以动,嫁妹之象也。"疏曰："妇人谓嫁曰归,归妹犹言嫁妹也。"

㉚爻：为《周易》中组成卦的符号。分为阳爻和阴爻。每三爻合成一卦,可得八卦,称为经卦;两卦(六爻)相重则得六十四卦,称为别卦。《周易》中卦有卦辞,爻有爻辞,用以占吉凶。咸爻协兆,谓所有爻辞都与卦象相合。咸,意即都。还有另一说。咸爻：指咸卦。六十四卦之一。艮下兑上。《周易·咸》："咸,亨,利贞,取女吉。"

㉛俯仰同心,绸缪是道：此二句描写情谊深好。《周易·系辞下》："二人同心,其利断金。"《诗经·唐风·绸缪》抒写婚礼时的心情："绸缪束薪,三星在天。今夕何夕,见此良人?子兮子兮,如此良人何!"

㉜执子之手,与子偕老：意为夫妻情深,愿意白头偕老。出自《诗经·邶风·击鼓》。

㉝不终往告：即"往告不终"。往告：指往日"执子之手,与子偕老"的爱情誓言。终：古以十二年为一终。

㉞柔握：柔美的手,多指女子。语出陶渊明《闲情赋》："愿在竹而为扇,含凄飙于柔握。"

㉟危言：直言。

㊱眣眣：本义为斜视貌,此喻深情凝视状。

㊲绝艳：艳丽无比。亦借指艳丽无比的美人或花朵。

㊳连城：战国时,赵惠文王得楚和氏璧。秦昭王闻之,使人遗赵王书,愿以十五城请易璧。事见《史记·廉颇蔺相如列传》(《史记》卷八十一)。

后以"连城"指和氏璧或珍贵之物。

㊴信美堪餐,朝饥是慰:此二句抒发李煜对大周后之美的由衷喜爱。堪餐:白居易《和美游春诗一百韵》:"秀色似堪餐,秋华如可掬。"朝饥:《诗经·周南·汝坟》:"未见君子,惄如调饥。"笺:"未见君子之时,如朝饥之思食。"

㊵旷世:历时久远。

㊶克肖:相似。

㊷采戏:一种使用骰子的赌博游戏。

㊸弈棋:下棋,古代多指下围棋。

㊹占相:观察某些自然或人的面貌、气色等,以推断吉凶祸福。这里似指歌舞中的扮相。

㊺鼗(táo):乐器中的一种长柄摇鼓,近似拨浪鼓。

㊻翠虬:如虬龙般的衣袖。

㊼发扬:舞蹈时的动作。《礼记·乐记》:"发扬蹈厉,太公之志也。"

㊽纤緊洪奢:形容高低起伏、抑扬顿挫的声音。

㊾仰止:仰慕,向往。止:语助词。语出《诗·小雅·车舝》:"高山仰止,景行行止。"

㊿曲演来迟,破传邀舞:指大周后创作《恨来迟破》、《邀醉舞破》的事情。破:乐曲名。唐宋大曲第三段,歌舞并作,以舞为主,节拍急促繁碎,故名曰破。

51吟商呈羽:意谓演奏乐曲。宫、商、角、徵、羽为中国古代五声音阶中的五个音级,唐以后又名合、四、乙、尺、工,相当于简谱中的1、2、3、5、6。这里指大周后精通音律。

52霓裳:相传唐玄宗梦游月宫而听仙乐,醒后依据记忆而作《霓裳羽衣曲》,是唐代著名的大曲。

53韬音沦世:指《霓裳羽衣曲》后世失传。韬:隐藏。沦:沉没,淹没。

54失味齐音,犹伤孔氏:此二句典出于《论语·述而》:"子在齐闻《韶》,三月不知肉味。"《韶》,久已失传的古乐,相传是舜的音乐。

55故国遗声:《霓裳羽衣曲》本唐朝大曲中的法曲,唐玄宗所作,故云。

56程度:度量制曲,这里指整理《霓裳》旧曲。

(57)重新：使重现新貌。雅制：《霓裳曲》。李煜和大周后曾将《霓裳曲》的大部分补齐，但是金陵城破时，被李煜下令烧毁了。到了南宋年间，姜夔发现商调《霓裳曲》的乐谱十八段。这些片断还保存在他的《白石道人歌曲》里。

(58)遐释：远逝。

(59)硕：大。

(60)遐禩：长久的年岁。禩：同“祀”，岁，年。

(61)式瞻：瞻视。虚馆：无人的馆舍。

(62)景旭：即“旭景”，早晨的阳光。雕甍：雕满纹饰的屋脊。

(63)燕燕：《诗经·邶风·燕燕》：“燕燕于飞，差池其羽。”交(jiǎo)音：交交，咬咬，皆用以形容鸟鸣声之悦耳。如祢衡《鹦鹉赋》：“采采丽容，咬咬好音。”

(64)洋洋：喜乐貌，自得貌。

(65)寒食：节日名，在清明前一日或二日。相传春秋时晋文公负其功臣介之推，介之推遂隐于绵山。文公悔悟，烧山逼令出仕，之推抱树焚死。人们同情介之推的遭遇，相约于其忌日禁火冷食，以为悼念。以后相沿成俗，谓之寒食。

(66)含桃：樱桃。《礼记》：“仲夏之月，天子乃以雏尝，黍羞，以含桃先荐寝庙。”注：“含桃，樱桃也。”

(67)畏日：夏日。

(68)晚箨：晚落的枯叶。箨：当为“萚”，草木脱落的皮、叶。《诗经·郑风·萚兮》疏：“落叶谓之萚。”或释为竹皮，亦通。

(69)范：模仿，仿照。

(70)辑柔尔颜：你的面色和悦。《诗经·大雅·抑》：“视尔友君子，辑柔尔颜，不遐有愆。”毛传：“辑，和也。”郑笺：“柔，安。”

(71)萃：同“悴”，枯萎。

(72)清商：曲调之名，情调凄凉。

(73)艳尔醉盼：容颜美丽，使人沉醉。艳：容色美丽。盼：美目。

(74)蕙幄：香帷。

⑦珠笼:当为"珠帘"。

⑦渥丹:脸色红润。《诗经·郑风·终南》:"颜如渥丹,其君也哉。"

⑦婉尔清扬:即"婉如清扬",指眉目清秀。《诗经·郑风·野有蔓草》:"有美一人,婉如清扬。"毛传:"眉目之间婉然美也。"

⑦厌厌夜饮:用《诗经·小雅·湛露》成句:"厌厌夜饮,不醉无归。"

⑦怅怏:惆怅不乐。

⑧畴曩:往昔。

⑧荏苒:渐渐过去,常形容时光易逝。

⑧姝子:美女。

⑧爱而不见:爱,通"薆",隐蔽,障蔽。语出《诗经·卫风·静女》:"爱而不见,搔首踟蹰。"此指大周后去世,欲见不得。

⑧毁如:即"如毁",如火焚一般。典出《周南·汝坟》。

⑧疢:病。

⑧御诸:度日。

⑧惟日惟月,以阴以雨:此指时光流逝之无情。《诗经·邶风·谷风》:"习习谷风,以阴以雨。"

⑧房栊:窗户,也指屋舍。

⑧忉怛:忧伤,悲痛。

⑨岁云暮:即岁末,年末。云:助词,无实意。

⑨瞀(mào)乱:昏乱,精神错乱。

⑨敛怨为德:亦即颠倒错乱,行事不公。语本《诗经·大雅·荡》:"敛怨以为德。"

⑨室:这里指妻子周娥皇。乾德二年冬十月,李煜次子仲宣卒;十一月,大周后卒。《诗经·豳风·鸱鸮》:"既取我子,无毁我室。"

⑨噎:积聚不散。

⑨暖暖:昏昧不明貌。《楚辞·离骚》:"时暧暧其将罢兮,结幽兰而延伫。"王逸注:"暧暧,昏昧貌。"洪兴祖补注:"暖,日不明也。"

⑨佳城:墓地。《西京杂记》卷四:"滕公驾至东都门,马鸣,局不肯前,以足跑地。久之,滕公使士卒掘马所跑地,入三尺所,得石椁。滕公以烛照

132

之,有铭焉。乃以水写其文,文字皆古异,左右莫能知。以问叔孙通,通曰:
'科斗书也。以今文写之,曰:佳城郁郁,三千年见白日。吁嗟滕公居此
室。'滕公曰:'嗟乎,天也!吾死其即安此乎?'死遂葬焉。"

⑰徒尔:枉然。

⑱日月有时兮,龟蓍既许:意谓李煜和大周后得从心愿,结为夫妇。日
月:太阳和月亮,也用作比喻帝、后。龟蓍:龟甲和蓍草,古代占卜之具。这
里指占卜结果。

⑲箫笳:管乐器名。笳:即胡笳,其音悲凉。

⑩旂常:旗与常。旗画交龙,常画日月,是王侯的旗帜。语出《周礼·
春官·司常》:"日月为常,交龙为旗……王建大常,诸侯建旂。"

⑪龙輴(ér):亦作"龙辒",灵车。这里指大周后的丧车。

⑫来辕:归来的车乘。

⑬金屋:华美之屋。金屋藏之,比喻珍爱之至。《汉武故事》记:"帝以
乙酉年七月七日生于猗兰殿。年四岁,立为胶东王。数岁,长公主嫖抱置
膝上,问曰:'儿欲得妇不?'胶东王曰:'欲得妇。'长主指左右长御百余人,
皆云不用。末指其女问曰:'阿娇好不?'于是乃笑对曰:'好!若得阿娇作
妇,当作金屋贮之也。'"

⑭交枸:交错盘曲。

⑮隳摧:毁坏,坍塌。

⑯长乖:永别,多指死亡。潘岳《杨仲武诔》:"痛矣杨子,与世长乖。"

⑰天步:天之行步。指时运、国运等。

⑱抆(wěn)血:擦拭血泪。表示极其哀痛。常用于旧时讣文中。列名
的亲属有抆血、拭泪之别,以示亲疏。

⑲抚榇:抚摸棺材。榇:古时指内棺,后泛指棺材。

⑩云路:上天升仙之路。

⑪冀传情于方士:意谓托方士传情。唐白居易《长恨歌》说唐玄宗李隆
基在杨玉环死后,曾托方士寻找其魂魄:"临邛道士鸿都客,能以精诚致魂
魄。为感君王展转思,遂教方士殷勤觅。排空驭气奔如电,升天入地求之
遍。上穷碧落下黄泉,两处茫茫皆不见。忽闻海上有仙山,山在虚无缥缈

间。"方士:方术之士。古时称能访仙炼丹以求长生不老的人。

批有司奏

天不慭遗①,碎我瑚琏②。辞章乍览,痛切孤③心。嗟乎,抗直④之言,而今而后,迨不得其过半闻听者乎⑤。可别辍朝⑥一日,赠右仆射⑦平章事,仍官给葬事。

【题解】

这段文字见徐铉《骑省集》卷十六《唐故中书侍郎光政殿学士承旨昌黎韩公墓志铭》:"庚午(970)岁秋七月二十七日,没于京凤台里之官舍,上省奏震悼,为之流涕,有司奏当辍朝三日,手批云云。士庶闻之,知与不知,莫不为之悲叹。"

宋太祖开宝三年(970),韩熙载六十九岁时去世,正值南唐朝不保夕之时。"天不慭遗,碎我瑚琏",足显李煜非常痛惜。随后,李煜欲赠其同平章事的官职,遂问左右前代是否有这样的先例,左右回答说以前刘穆之曾赠开府仪同三司。于是下诏赠韩熙载左仆射、同平章事,即宰相之职,谥曰"文靖"。韩熙载死时家里已经非常贫穷,棺椁衣衾,都由后主赐给。后主又命人为其选择墓地,要求必须选在"山峰秀绝,灵仙胜境,或与古贤丘表相近,使为泉台雅游"。后来将他埋葬在风景秀美的梅颐岭东晋著名大臣谢安墓旁。李煜还令南唐著名文士徐铉为韩熙载撰写墓志铭,命徐锴负责收集其遗文,编集成册。这种待遇对于臣下来说,可谓荣耀之至。

【注释】

①慭(yìn)遗:愿意留下。《诗经·小雅·十月之交》:"不慭遗一老,俾守我王。"《左传·哀公十六年》:"孔丘卒,公诔之曰:'旻天不吊,不慭遗一老,俾屏余一人以在位。'"后以"慭遗"、"天不慭遗"作为哀悼老臣之辞。

②瑚琏:古宗庙盛黍稷的礼器,后用以比喻治国安邦之才。

③孤：古代诸侯君王的自称，意同"寡"。春秋时诸侯自称寡人，意为寡德之人，有凶事则称孤，后渐无区别。

④抗直：刚强正直。

⑤迨不得其过半闻听者乎：大约再也找不到经历听闻达到他一半的人力了。

⑥辍朝：皇帝停止临朝听政。

⑦仆射：官名。秦始置，汉以后因之。汉成帝建始四年（前29），初置尚书五人，一人为仆射，位仅次于尚书令，职权渐重。汉献帝建安四年（199），置左右仆射。唐宋左右仆射为宰相之职。宋以后废。

送邓王二十六弟①牧②宣城③序

秋山的翠④，秋江澄空，扬帆迅征，不远千里。之子于迈⑤，我劳⑥如何？夫树德⑦无穷，太上⑧之宏规也；立言不朽⑨，君子之常道也。今子藉⑩父兄之资，享钟鼎⑪之贵，吴姬赵璧⑫，岂吉人之攸⑬宝，矧⑭子皆有之矣。哀泪甘言，实妇女之常调，又我所不敢也。临歧⑮赠别，其唯言乎？在原之心⑯，于是而见。

噫！俗无犷顺⑰，爱之则归怀；吏无贞污，化之可彼此。刑唯政本，不可以不穷不亲；政乃民中，不可以不清不正。执至公而御下，则恺佞⑱自除；察薰莸⑲之禀心，则妍媸⑳何惑？武惟时习，知五材㉑之难忘；学以润身，虽三余㉒而忍舍？无酣觞㉓而败度，无荒乐㉔以荡神，此言勉从，庶几寡悔㉕。苟行之而愿益，则有先王之明谟㉖，具在于缃帙㉗也。

呜呼！老兄盛年壮思，犹言不成文，况岁晚心衰，则词岂迨㉘意？方今凉秋八月，鸣榔㉙长川，爱君此行，高兴可尽。况

135

彼敬亭㉚溪山，畅乎遐览㉛，正此时也。

【题解】

解见《送邓王二十六弟从益牧宣城》，本篇是该诗序文。在文中，李煜主要是勉励邓王要勤政爱民，并不忘修身进德。文章的最后，李煜又畅想了江南山水之乐，劝勉邓王不要辜负了大好河山及无限风光。整个序文活泼清新，既合乎君臣之义，又饱含兄弟深情。

【注释】

①邓王：即李从镒，李璟第八子，李煜之弟。初封舒公，李煜即位，封邓王。传见马令《南唐书》卷七。

②牧：古时称州官为牧。

③宣城：今安徽宣城。

④的翠：青翠。的：同"滴"。

⑤之子：这个人。于迈：相当于于征，也即远行。《诗经·大雅·棫朴》："周王于迈，六师及之。"郑玄笺："迈，行。"此处也可看作李煜采用西晋陆云《赠顾彦先》诗中成句："幽幽东隅，恋彼西归。瞻仪情感，聆音心悲。之子于迈，夙夜京畿。王事多难，仲焉徘徊。"

⑥劳：忧愁，愁苦。《诗经·邶风·燕燕》："瞻望弗及，实劳我心。"高亨注："劳，愁苦。"

⑦树德：《左传·襄公二十四年》："太上有立德，其次有立功，其次有立言。虽久不废，此之谓不朽。"此处"树德"即古人"三不朽"之"立德"。

⑧太上：最高。《墨子·亲士》："太上无败，其次败而有以成。"孙诒让《墨子间诂》释之曰："太上，对其次为文，谓等之最居上者。"

⑨立言不朽：同于以上"树德"解释。

⑩藉：凭藉。

⑪钟鼎：即"钟鸣鼎食"，击钟列鼎而食，形容富贵荣华之至。

⑫吴姬：泛指美女。赵璧：具体指战国时期赵国卞和的和氏璧，此泛指宝物。

⑬攸：所。

⑭矧（shěn）：何况。

⑮临歧：歧，歧路，岔路。古人送别常在岔路口处分手，往往把临别称为临歧。

⑯在原之心：指兄弟情谊。《诗经·小雅·常棣》："脊令在原，兄弟急难。"脊令，即鹡鸰。疏云："脊令者，水鸟，当居于水，今乃在于高原之上，失其常处。以喻人当居平安之世，今在于急难之中，亦失其常处也。"

⑰犷顺：粗野与顺服。

⑱憸(xiǎn)佞：奸邪谄媚，此处泛指奸佞的人。

⑲薰(xūn)：香草，比喻善类。莸(yóu)：臭草，比喻恶物。

⑳妍媸(chī)：美好和丑恶。

㉑五材：指金、木、水、火、土五种物质。《左传·襄公二十七年》："天生五材，民并用之，废一不可。"杜预注："金、木、水、火、土也。"

㉒三余：《三国志·魏书·王肃传》："明帝时大司农董遇等，亦历注经传，颇传于世。"裴松之注引三国魏鱼豢撰《魏略》："遇言：'（读书）当以三余。'或问三余之意。遇言'冬者岁之余，夜者日之余，阴雨者时之余也'。"后以"三余"泛指空闲时间。

㉓酣觞：纵酒。《晋书·阮裕传》："裕以敦有不臣之心，乃终日酣觞，以酒废职。"

㉔荒乐：无节制地追求享乐。《诗经·唐风·蟋蟀》："好乐无荒。"

㉕寡悔：后悔的事情少。《论语·为政》："子张学干禄。子曰：'多闻阙疑，慎言其余，则寡尤；多见阙殆，慎行其余，则寡悔。言寡尤，行寡悔，禄在其中矣。'"

㉖明谟：英明的策略。

㉗缃(xiāng)帙(zhì)：浅黄色的书套。这里泛指书籍、书卷。缃：浅黄色。帙：古代竹帛书籍的套子，多以布帛制成。《说文解字·巾部》："帙，书衣也。"

㉘迨：同"逮"，达，及。

㉙鸣榔(láng)：桄榔，亦作"鸣榔"。本是渔人敲击船舷使发出声音，用以惊鱼而趋之入网的木棒。潘岳《西征赋》："鸣榔厉响。"后用来代船的起航。钱起《送衡阳归客》："归客爱鸣榔，南征忆旧乡。"或为歌声之节。

㉚敬亭：山名，在今安徽宣城，以山水秀丽而著称。
㉛遐览：望远。

却登高①文

玉斝②澄醪③，金盘绣糕，茱房④气烈，菊芷香豪。左右进而言曰：维芳时之令月，可藉野以登高。矧⑤上林⑥之伺幸，而秋光之待褒乎？

余告之曰："昔时之壮也，意如马，心如猱⑦，情⑧槃⑨乐恣，欢赏忘劳。惆心志于金石⑩，泥花月于诗骚⑪，轻五陵⑫之得侣，陋三秦⑬之选曹⑭。量珠聘伎⑮，纫彩维艘⑯，被墙宇以耗帛，论丘山而委糟⑰。年年不负登临节，岁岁何曾舍逸邀？小作花枝金剪菊，长裁罗被翠为袍。岂知崔苇乎性，忘长夜之靡靡⑱；宴安其毒，累大德于滔滔⑲。今予之齿老矣，心凄焉而忉忉⑳。怆家艰之如毁㉑，萦离绪之郁陶㉒。

陟彼冈矣企予足㉓，望复关兮睇予目㉔，原有鸰兮相从飞㉕，嗟予季兮不来归。空苍苍兮风凄凄，心踯躅㉖兮泪涟洏㉗。无一欢之可作，有万绪以缠悲。於戏，噫嘻！尔之告我，曾非所宜㉘。

【题解】

开宝四年（971），李煜派其母弟李从善朝贡。宋太祖封李从善为泰宁军节度，充、海、沂等州的观察使，留之于京师，不让其返国。与此同时，又不断地命从善贻书后主，督促李煜入京朝见。李煜自然不敢，于是便写信给宋太祖求从善归国。并在重阳节时众人劝其登高时，写下这篇《却登高文》。重阳登高，兄弟相聚，自然其乐融融。然从善被扣，兄弟失群，登高徒增悲伤，这正如唐代王维诗歌所写的"遍插茱萸少一人"。而李煜在这篇文章中，极力表达的是对过去奢靡生活的追悔之情。想来写这篇文章时，萦绕在李煜心中的不仅有思念兄弟之情，更多的是对国事的忧戚，所谓"怆家艰之如毁"。只不过惧于当时的情势，不敢言明而已。

【注释】

①登高：指农历九月初九日登高的风俗。南朝梁吴均《续齐谐记·九日登高》："汝南桓景随费长房游学累年。长房谓曰：'九月九日汝家中当有灾，宜急去，令家人各作绛囊盛茱萸以系臂，登高饮菊花酒，此祸可除。'景如言，齐家登山。夕还，见鸡犬牛羊一时暴死。长房闻之曰：'此可代也。'今世人九日登高饮酒，妇人带茱萸囊，盖始于此。"

②玉斝(jiǎ)：玉制的酒器。斝：古代青铜制贮酒器，有把手、两柱、三足、圆口，供盛酒与温酒用。盛行于殷商和西周初期。后借指酒杯、茶杯。

③醪(láo)：汁渣混合的酒，又称浊酒，也称醪糟。

④茱房：亦称"茱萸房"、"萸房"，茱萸花的子房，这里指茱萸。西晋周处《风土记》："九月九日，律中无射而数九，俗于此日以茱萸气烈成熟，当此日折茱萸房以插头，言辟恶气而御初寒。"

⑤矧：何况。

⑥上林：即上林苑，古宫苑名。秦旧苑，汉初荒废，至汉武帝时重新扩建，以为游览。假山池沼，宫殿楼观，奇花异草，珍禽异兽，极尽奢华。司马相如有《上林赋》描绘其宏伟富丽。故址在今西安市西及周至、户县界。

⑦昔时之壮也，意如马，心如猱：《全唐文》中，"昔时之壮也"之后无"意如马，心如猱"，今据陆游《南唐书》卷十六补出。予：《全唐文》作"时"。猱：兽名，猿类，身体便捷，善攀缘。

⑧情：陆游《南唐书》作"惰"。

⑨槃：同"盘"，快乐。

⑩金石：即古代镌刻文字、颂功纪德的钟鼎碑碣之类。这里借指钟鼎碑碣等文玩及刻于其上的文字。金：青铜器。石：碑刻类。

⑪诗骚：《诗经》和《楚辞》，这里代指诗赋创作。

⑫五陵：西汉五个皇帝陵墓所在地，亦即五县：高祖刘邦之长陵、惠帝刘盈之安陵、景帝刘启之阳陵、武帝刘彻之茂陵、昭帝刘弗之平陵，均在渭水北岸，今陕西咸阳附近。汉元帝以前，每立陵墓，辄迁徙四方富豪及外戚于此居住，令供奉园陵，称为陵县。这里指代繁华的游乐场所。李白《少年行》有"五陵年少金市东，银鞍白马度春风。"

⑬三秦：项羽破秦，分秦关中故地为三，封章邯为雍王，领咸阳以西之地；司马欣为塞王，领咸阳以东至黄河的土地；董翳为翟王，领上郡之地（今陕西北部）：合称三秦。这里代指诸侯。

⑭选曹：即选曹尚书，主铨选官吏事。

⑮量珠聘伎：花高价聘买歌伎。量珠：《拾遗记》卷六记，东汉郭况是光武帝皇后的弟弟，家赀富不可敌，"庭中起高阁长庑，置衡石于其上，以称量珠玉"。

⑯纫彩维艘：《三国志》卷五十五注引《吴书》记甘宁出入之时，"步则陈车骑，水则连轻舟，侍从被文绣，所如光道路，住止常以缯锦维舟，去或割弃，以示奢也"。纫：搓，捻。彩：各种颜色的丝绸。维：系。

⑰被墙宇以耗帛，论丘山而委糟：形容帝王的穷奢极欲，以绸缎装饰墙壁，弃酒糟堆积成山。《十国春秋》卷十七记载："（李煜）性尚奢侈，常于宫中制销金红罗幕壁，而以白金钉、瑇瑁押之。"耗：耗费。委：丢弃。

⑱萑苇乎性，忘长夜之靡靡：如芦苇遮蔽本性，忘记了亡国的教训。萑、苇：都是芦类植物，兼长成后为萑，葭长成后为苇。《庄子·则阳》："卤莽其性者，欲恶之孽，为性萑苇兼葭，始萌以扶吾形，寻擢吾性。"历史记载商纣好靡靡之音，为长夜之饮，最终导致亡国。《全唐文》无"萑苇乎性"，今据陆游《南唐书》卷十六补出。

⑲宴安其毒，累大德于滔滔：安乐就像毒药，无限制地追求享乐就会损毁一个人的德行。《全唐文》无"宴安其毒"，今据陆游《南唐书》卷十六补出。

⑳今予之齿老矣，心凄焉而忉忉：《诗·齐风·甫田》："无思远人，劳心忉忉。"毛传："忉忉，忧劳也。"《全唐文》无是二句，今据陆游《南唐书》卷十六补出。齿：年龄。忉忉：忧思貌。

㉑怆家艰之如毁:悲伤国家濒于灭亡。如毁:《诗经·周南·汝坟》:"鲂鱼赪尾,王室如毁。"

㉒郁陶:忧思。《尚书·五子之歌》:"郁陶乎予心,颜厚有忸怩。"《伪孔传》:"郁陶,言哀思也。"

㉓陟彼冈矣企予足:登高而远望。陟:升。《诗·周南·卷耳》:"陟彼高冈。"企予足:踮起脚跟。《诗经·卫风·河广》:"谁谓宋远? 跂予望之。"跂予:即企予。

㉔望复关兮睇予目:想再相见。《诗经·卫风·氓》:"乘彼垝垣,以望复关。"此以复关代指兄弟所在的地方。睇:望。

㉕原有鸰兮相从飞:比喻兄弟情深。《诗经·小雅·常棣》:"脊令在原,兄弟急难。"

㉖踯躅:徘徊。

㉗涟洏(ér):流泪的样子。

㉘宜:应该。

乞缓师表

臣狷①以幽屏②,曲承临照③。僻在幽远,忠义自持。唯将一心,上结明主。比蒙号召④,自取愆尤⑤。王师四临,无往不克。穷途道迫,天实为之⑥。北望天门⑦,心悬魏阙⑧。嗟一城生聚⑨,吾君赤子⑩也。微臣薄躯,吾君外臣⑪也。忍使一朝,便忘覆育⑫,号咷⑬郁咽,盍见舍乎?

臣性实愚昧,才无异禀⑭,受皇朝奖与,首冠万方⑮,奈何一日自踵蜀汉⑯不臣之子,同群合类,而为囚虏乎? 贻责⑰天下,取辱祖先,臣所以不忍也。岂独臣不忍为,亦圣君不忍令臣之为也。况乎名辱身毁,古之人所嫌畏者也。人所嫌畏,臣不敢嫌畏也。惟陛下宽之赦之。

臣又闻：鸟兽，微物也，依人而犹哀之。君臣，大义也，倾忠能无怜乎？倘令臣进退之迹，不至丑恶，宗社⑱之失，不自臣身⑲，是臣生死之愿毕矣，实存没之幸也。岂惟存没之幸也，实举国之受赐也。岂惟举国之受赐也，实天下之鼓舞也。

皇天后土⑳，实鉴斯言。

【题解】

这篇上表见宋代王称《东都事略》卷二十三《李煜传》："（李）煜虽外恭顺，而内实缮甲兵为战备，太祖谕令入朝，不从命。开宝七年，诏（李）煜赴阙，煜又称疾不奉诏，乃命曹彬、潘美征之。"

实际上自南汉被灭，李煜就深感南唐危在旦夕。他一方面更加殷勤地向宋朝进贡钱物，一方面去南唐之名而改称江南国主，所有官府皆已改名，不再使用国家机构的名称。每当宋朝使者来临，李煜皆脱去黄袍而服之以紫袍，以诸侯藩国为标准行藩臣之礼，以示臣服。李煜乞望得到宋太祖赵匡胤的宽容与怜悯，从而保全南唐政权的卑微存在。但是，宋太祖赵匡胤几次想不战而拘囚李煜，李煜也深深明白赵匡胤邀约自己去汴京实质就是鸿门宴，一旦入宋，便永无归回江南之日。所以，他不是保持沉默，就是虚以疾病应对。于是开宝七年（974），宋军发动进攻，正如李煜所言，"王师四临，无往不克"。同年十月，宋军即从采石矶渡江，南唐的邻国、宿敌吴越国亦常常骚扰常州、润州。《宋史·太祖纪三》载："江南主贡银五万两、绢五万匹，乞缓师。"开宝八年（975）正月，宋军入秦淮，十万南唐军投降，南唐军夺取长江浮桥的努力失败；二月，宋军围金陵；三月，吴越军攻陷常州。七月，攻占润州后的吴越军与宋军会师金陵城下，洪州节度使朱令赟十五万援军也全军覆没。

据《续资治通鉴长编》等史籍记载，开宝八年（975）冬十月己亥，"至是，煜危甚，遣其臣徐铉、周惟简至京师，煜上奏"。李煜派徐铉送上了这篇乞求延缓进攻的奏章。被赵匡胤以"尔谓父子，为两家可乎"的反问驳了回去。但李煜并不死心，"十一月辛未，江南主遣徐铉等再奉表乞缓师"。

【注释】

①猥：谦词，犹辱、承。

②幽屏：昏暗而无能。

③临照：本指天日照耀。后多借喻君王的仪范和恩泽。

④号召：号令招呼。这里指宋太祖赵匡胤几次召李煜进京，李煜皆推脱不去，赵匡胤遂下令诏伐南唐。

⑤愆(qiān)尤：罪过。

⑥天实为之：天命如此。《诗经·邶风·北门》："天实为之，谓之何哉。"

⑦北望天门：汴梁在北，而金陵在南，所以称"北望"。天门：指皇宫之门。

⑧魏阙：古代宫门外两边高耸的门楼。门楼下常为悬布法令之所。故常常借指朝廷。魏：高。

⑨生聚：人民。

⑩赤子：本义指婴儿，后用以比喻百姓，人民。

⑪外臣：藩臣。

⑫覆育：抚养，养育。

⑬号咷(háo táo)：放声大哭。

⑭异秉：非凡的天资。

⑮首冠万方：即"首冠于万方"。首冠：第一。万方：万邦。

⑯蜀：后蜀主孟知祥，934年称帝，建都成都，有今四川和陕西南部、甘肃东南部及湖北西部，965年被北宋所灭。汉：刘龙天在917年建立的南汉，据有今天广东和广西之地，都城在今广州，971年被北宋所灭。

⑰贻责：招致责难。

⑱宗社：宗庙和社稷的合称，这里借指国家。

⑲不自臣身：不亡于我。自：始于。身：本人。

⑳皇天后土：指天神地祇。皇天：对天及天神的尊称。后土：指土神或地神，亦指祭祀天地神的社坛。

遗吴越王^①书

今日无我,明日岂有君^②？明天子^③一旦易地酬勋^④,王亦大梁^⑤一布衣耳。

【题解】

这段文字见《宋史》卷四百八十《吴越世家》,当是一封书信的主体内容。宋太祖开宝七年(974)秋,宋军下江南,太祖"遣内客省使丁德裕赍诏以(吴越王钱)俶为升州东面招抚制智使,赐战马二百匹、旌旗剑甲,令德裕以禁兵步骑千人为俶前锋,尽护其军"。十月,钱俶率军包围常州,与已占领池州的曹彬形成合围金陵之势。于是李煜写下了这封信给钱俶,希望他能退兵。完整的信已经看不到,但可以推测李煜之意劝谏钱俶,莫忘"唇亡齿寒"的古训。

【注释】

①吴越王:指钱俶(929—988),临安人,原名弘俶(chù),小字虎子,改字文德,是五代十国时期吴越的最后一位国王。钱俶是钱元瓘第九子,钱倧弟。后汉乾祐元年(948)正月,钱俶即位为忠懿王,后被胡进思迎立为吴越王。钱俶继位后,励精图治,首诛内衙指挥使何承训,并下令历年欠税尽行蠲免,境内田亩荒废者"纵民耕之,公不加赋"。民心大悦。开宝八年(975),钱俶应赵匡胤之约出兵,与北宋军会师南唐金陵。十二月,钱俶入朝表贺。宋太宗太平兴国二年(978),钱俶奉旨入汴梁,被扣留,不得已自献封疆于宋,被封为淮海国王。雍熙元年(984)改封汉南国王,四年改封南阳国王,又辞国号,改封许王,进封邓王。988年八月六十大寿,宋太宗遣使祝贺,当夜钱俶暴毙南阳,或有怀疑其被毒杀者,谥号忠懿。钱俶嗣位三十余年,其间先后恭事后汉、后周和北宋。

②今日无我,明日岂有君:陆游《南唐书》卷三为"今日无我,明日岂有

144

君？一旦明天子易地赏功,王亦大梁一布衣耳"。另《宋史》卷四百八十《吴越世家》为:"今日无我,明日岂有君？明天子一旦易地酬勋,王亦大梁一布衣耳。"

③明天子:圣明的天子,这里指宋太祖赵匡胤。

④酬勋:对有功勋的人授以爵位,给予奖赏。

⑤大梁:古地名,战国魏都,在今河南开封西北。隋唐以后,称今河南开封为大梁。文中的大梁即指北宋都城汴梁。

不敢再乞潘慎修①掌记室②手表

昨因先皇③临御,问臣颇有旧人相伴否。臣即乞徐元楀④。元楀方在幼年,于笺表⑤素不谙习,后来因出外,问得刘铢⑥,曾乞得广南⑦旧人洪侃⑧。今来,已蒙遣到徐元楀。其潘慎修更不敢陈乞。所有表章,臣勉励躬亲。臣亡国残骸,死亡无日⑨,岂敢别生侥觊⑩,干挠天聪？只虑章奏之间,有失恭慎。伏望睿慈⑪,察臣素心。

【题解】

这篇奏章见于宋代王铚《四六话》卷下。根据文意推测,大概是李煜上疏祈求潘慎修为自己的掌书记。但后来偶然外出遇见了南汉后主刘铢,听说他只要了一个旧臣帮助自己处理文书事宜,于是便上疏请求辞去潘慎修。因为当年宋太祖赵匡胤活着时,已经为李煜派来了同是李煜旧臣的徐元楀。他害怕同时要两个旧臣为自己帮忙会引来宋太宗赵光义的猜忌和不满,所以便不敢再要潘慎修了。奏章中,李煜一片诚惶诚恐之情,而其作为虏臣和亡国之君的艰辛生活也清晰可见。文章既称赵匡胤为"先帝",又说"昨",推测当作于赵光义即位不久。赵光义即位是在公元976年十二月,这篇奏章当作于此后不久。

【注释】

①潘慎修(937—1005):字成德,泉州莆田(今福建莆田)人。仕南唐,少以父任为秘书省正字,累迁至水部郎中兼起居舍人,开宝末宋军伐江南,李煜遣随其弟从镒入贡买宴钱,求缓兵。李煜入宋,以慎修为太子右赞善大夫,李煜表求慎修掌记室,许之。煜卒,改太常博士,历任膳部、仓部、考功三员外,通判寿州,知开封县,知湖梓二州。右谏议大夫、翰林侍读学士等。其人风度蕴藉,博涉文史,喜棋艺,善属文。传见《宋史》卷二百九十六。

②记室:官名。东汉置,掌章表书记文檄。后世因之,或称记室督、记室参军等。

③先皇:此处指已故的宋太祖赵匡胤。

④徐元㭎:徐温之后。李璟曾是徐温的养子,李煜与徐元㭎兄弟相处,关系很亲近。据《续资治通鉴长编》卷十六记载:开宝八年宋军入南唐国境,后主日于后苑引僧及道士诵经、讲易、高谈,不恤政事,军书告急,非徐元㭎等皆莫得通。师薄城下累月,后主犹不知。宋人陈均《九朝编年备要》记载:"江南主以徐元㭎、刁衎为内殿传诏,边书告急,元㭎等匿之,北军屯城南十余里,江南主犹不知也。"入宋后,徐元㭎为李煜掌记室时为光禄寺丞。

⑤笺:笺记,古代文体名,给长官的书启。表:表章,旧时臣子呈交帝王的陈述意见的文字。

⑥刘鋹(942—980):南汉后主,原名刘继兴,继位后改名刘鋹。公元958年即位,971年北宋灭南汉,入开封,封为恩赦侯。刘鋹在位时,自称"萧闲大夫",不理政事,政事皆委诸宦官龚澄枢及女侍中卢琼仙等人,宫女亦任命为参政官员,其余官员只是聊备一格而已。

⑦广南:五代十国时期今广东、广西地区统称广南。

⑧洪侃:南汉旧臣,事迹不详。

⑨无日:没有时间了,意思是很快。

⑩侥觊:侥幸之心,觊觎之意。

⑪睿(ruì)慈:皇帝的仁爱。睿:深明,睿哲,古代颂扬帝王用语多用"睿"。

残 篇

祈雨文①

尚乖龙润②之祥。

【注释】

①录自陶谷《清异录》。

②龙润:雨的别称。

上宋太祖书(之一)①

洪进②多诈,首鼠两端③,诚不足听。

【注释】

①录自《宋史》卷四八三。

②陈洪进(914—985):字济川,宋兴化军(今福建省莆田市仙游)人,军旅出身,宋太平兴国二年(977)七月,于平海军节度使兼泉(州)漳(州)观察使任上,献所掌泉、漳两郡及所辖十四县,纳入宋朝版图。宋太宗赐诏嘉纳,以陈洪进为武宁军节度使、同平章事,留京师奉朝请。

③首鼠两端:在两者之间犹豫不决又动摇不定。《史记·魏其武安侯列传》:"武安已罢朝,出止车门,召韩御史大夫载,怒曰:'与长孺共一老秃翁,何为首鼠两端。'"

上宋太祖书(之二)^①

二弟^②在京,恤养^③优丰。

【注释】

①录自《续资治通鉴长编》卷十六。
②二弟:李从镒与李从善。
③恤养:抚养。

遣徐铉入贡手书^①

陆昭符^②既未回下国,在骨肉^③则亦难具陈。

【注释】

①录自《续资治通鉴长编》卷十五。
②陆昭符:一作"眭昭符",南唐明臣,曾任南唐常州刺史。他胆识过人,为政宽简,政绩卓著,深得人民爱戴。后出使宋朝被扣。南唐亡,耻作宋臣而归隐。
③骨肉:指被扣的李从善。

与徐铉书^①

为尔于《质论》^②前,作得一小序子。

昭惠后诔①

《霓裳羽衣曲》经兹丧乱,世罕闻者,获其旧谱,残缺颇甚。暇日与后详定,去彼淫繁②,定其缺坠。

【题解】

①录自《碧鸡漫志》卷三。《全唐文》卷一二八《昭惠后诔》无此数句,钱曾校语疑为诔后注文。或有理。

②淫繁:即"繁手淫声"简称。古人批新声常因其促急,故以"繁手淫声"称之。

附　录

遗刘𬬭书

《宋史》卷四八一

煜与足下叨累世之睦，继祖考之盟，情若弟兄，义敦交契，忧戚之患，曷尝不同。每思会面而论此怀，抵掌而谈此事，交议其所短，各陈其所长，使中心释然，利害不惑，而相去万里，斯愿莫伸。凡于事机不得款会，屡达诚素，冀明此心，而足下视之，谓书檄一时之仪，近国梗概之事，外貌而待之，泛滥而观之，使忠告确论如水投石，若此则又何必事虚词而劳往复哉？殊非宿心之所望也。

今则复遣人使罄申鄙怀，又虑行人失辞，不尽深素，是以再寄翰墨，重布腹心，以代会面之谈与抵掌之议也。足下诚听其言如交友谏争之言，视其心如亲戚急难之心，然后三复其言，三思其心，则忠乎不忠，斯可见矣，从乎不从，斯可决矣。

昨以大朝南伐，图复楚疆，交兵已来，遂成衅隙。详观事势，深切忧怀，冀息大朝之兵，求契亲仁之愿，引领南望，于今累年。昨命使臣入贡大朝，大朝皇帝果以此事宣示曰："彼若以事大之礼而事我，则何苦而伐之；若欲兴戎而争我，则以必取为度矣。"见今点阅大众，仍以上秋为期。令敝邑以书复叙前意，是用奔走人使，遽贡直言。深料大朝之心非有唯利之贪，盖怒人之不宾而已；足下非有不得已之事与不可易之谋，殆一时之忿而已。

观夫古之用武者，不顾大小强弱之殊而必战者有四：父母宗庙之雠，此必战也；彼此乌合，民无定心，存亡之机以战为命，此必战也；敌人有进，必不舍我，求和不得，退守无路，战亦亡，不战亦亡，奋不顾命，此必战也；彼有天亡之兆，我怀进取之机，此必战也。今足下与大朝非有父母宗庙之雠也，非同乌合存亡之际也，既殊进退不舍、奋不顾命也，又异乘机进取之时也，无故而坐受天下之兵，将决一旦之命，既大朝许以通好，又拒而不从，有国家、利社稷者当若是乎？

夫称帝称王，角立杰出，今古之常事也。割地以通好，玉帛以事人，亦古今之常事也。盈虚消息，取与翕张，屈伸万端，在我而已，何必胶柱而用壮，轻祸而争雄哉？且足下以英明之资，抚百越之众，北距五岭，南负重溟，籍累世之基，有及民之泽，众数十万，表里山川，此足下所以慨然而自负也。然违天不祥，好战危事，天方相楚，尚未可争。恭以大朝师武臣力，实谓天赞也。登太行而伐上党，士无难色；绝剑阁而举庸蜀，役不淹时。是知大朝之力难测也，万里之境难保也，十战而九胜，亦一败可忧；六奇而五中，则一失何补？

况人自以我国险，家自以我兵强，盖揣于此而不揣于彼，经其成而未经其败也。何则？国莫险于剑阁，而庸蜀已亡矣；兵莫强于上党，而太行不守矣。人之情，端坐而思之，意沧海可涉也，及风涛骤兴，奔舟失驭，与夫坐思之时盖有殊矣。是以智者虑于未萌，机者重其先见，图难于其易，居存不忘亡，故曰计祸不及，虑福过之。良以福者人之所乐，心乐之，故其望也过；祸者人之所恶，心恶之，故其思也忽。是以福或修于慊望，祸多出于不期。

又或虑有矜功好名之臣，献尊主强国之议者，必曰："慎无和也。五岭之险，山高水深，辎重不并行，士卒不成列，高垒清野而绝其运粮，依山阻水而射以强弩，使进无所得，退无所归。"此其一也。又或曰："彼所长者，利在平地。今舍其所长，就其所短，虽有百万之众，无若我何。"此其二也。其次或曰："战而胜，则霸业可成；战而不胜，则泛巨舟而浮沧海，终不为人下。"此大约皆说士孟浪之谈，谋臣捭阖之策，坐而论之也则易，行之如意也则难。

何则？今荆湘以南、庸蜀之地，皆是便山水、习险阻之民，不动中国之兵，精卒已逾于十万矣。况足下与大朝封疆接畛，水陆同途，殆鸡犬之相闻，岂马牛之不及？一旦缘边悉举，诸道进攻，岂可俱绝其运粮，尽保其城壁？若诸险悉固，诚善莫加焉；苟尺水横流，则长堤虚设矣。其次曰，或大朝用吴越之众，自泉州泛海以趣国都，则不数日至城下矣。当其人心疑惑，兵势动摇，岸上舟中皆为敌国，忠臣义士能复几人？怀进退者步步生心，顾妻子者滔滔皆是，变故难测，须臾万端。非惟暂乖始图，实恐有误壮志。又非巨舟之可及，沧海之可游也。然此等皆战伐之常事，兵家之预谋，虽胜负未知，成败相半，苟不得已而为也。固断在不疑，若无大故而思之，又深可痛惜。

且小之事大，理固然也。远古之例不能备谈，本朝当杨氏之建吴也，亦入贡庄宗。恭自烈祖开基，中原多故，事大之礼，因循未遑，以至交兵，几成危殆。非不欲凭大江之险，恃众多之力，寻悟知难则退，遂修出境之盟，一介之使才行，万里之兵顿息，惠民和众，于今赖之。自足下祖德之开基，亦通好中国，以阐霸图。愿修祖宗之谋，以寻中国之好，荡无益之忿，弃不急之争，知存知亡，能强能弱，屈己以济亿兆，谈笑而定国家，至德大业无亏也，宗庙社稷无损也。玉帛朝聘之礼才出于境，而天下之兵已息矣。岂不易如反掌，固如太山哉？何必扼腕盱衡，履肠蹀血，然后为勇也。故曰："德辎如毛，民鲜克举之，我仪图之。"又曰："知止不殆，可以长久。"又曰："沉潜刚克，高明柔克。"此圣贤之事业，何耻而不为哉？

况大朝皇帝以命世之英，光宅中夏，承五运而乃当正统，度四方则咸偃下风，猃狁太原固不劳于薄伐，南辕返斾更属在于何人。又方且遏天下之兵锋，俟贵国之嘉问，则大国之义斯亦以善矣，足下之忿亦可以息矣。若介然不移，有利于宗庙社稷可也，有利于黎元可也，有利于天下可也，有利于身可也。凡是四者无一利焉，何用弃德修怨，自生仇敌，使赫赫南国，将成祸机，炎炎奈何，其可向迩？幸而小胜也，莫保其后焉，不幸而违心，则大事去矣。

复念顷者淮、泗交兵，疆陲多垒，吴越以累世之好，遂首为厉阶，惟有贵国情分逾亲，欢盟愈笃，在先朝感义，情实慨然，下走承基，理难负德，不能自已，又驰此缄。近奉大朝谕旨，以为足下无通好之心，必举上秋之役，即命敝邑速绝连盟。虽善邻之心，期于永保；而事大之节，焉敢固违。恐煜之不得事足下也，是以恻恻之意所不能云，区区之诚于是乎在。又念臣子之情，尚不逾于三谏，煜之极言，于此三矣，是为臣者可以逃，为子者可以泣，为交友者亦惆怅而遂绝矣。

后主书

马令《南唐书》

呜呼，春秋之时，君薨，明年正月公即位。自桓公始，宣成而下，未尝革也。昭公薨于乾侯，定公于明年夏六月戊辰即位者。其故何哉？盖非常之变，起于不可测；非常之礼，行于不得已。古之人观会通以应世，则处非常之变，用非常之礼者，皆礼经之所不得而考也，义起于情而已矣。且诸侯薨于路寝，而昭公客死于乾侯者，非常之变，起于不测也。嗣君释冕反丧，而定公即位于明年六月者，非常之礼，行于不得已也。元宗殂于豫章，后主留守建康，必待丧还，既殡而后即位，其偶合于定、昭之事乎？且圣人制礼，立天下之大经，为天下之大防也。情伪之变无穷，而礼之所载有常。以有常之礼，御无穷之变，则亦随其宜而已矣。故礼不尽而义有余，则礼以义起；义不足而礼有余，则义以礼达。君子遭变乱而无旷于礼者，在审其义尔。夫丧，礼之大典，礼经载之详矣，而曾子之所问者，礼经有所不及也。变礼之不测，《曾子问》载之详矣，而国君薨于外，世子立于内者，《曾子问》有所不及也，非趋时而合义，其孰能与于此哉！德虽不竞，孰匪天亡，日月俱照，爝火销光，作《后主书》。

后主名煜，字重光，初名从嘉，元宗第六子也。少而聪慧，善属文，工书画。初封安定郡公。淮上兵起，为神武军都虞侯、沿淮巡抚使，累迁诸卫大将军、诸道副元帅，封郑王。

太子冀卒，四兄皆早亡，以次为嗣，改封吴王，拜尚书令，知政事。

建隆二年，元宗南迁，立煜为太子，监国。六月，元宗殂于豫章。七月，丧还建康，太子即位。尊母钟氏为太后，太后父名太章，故改号圣尊后。妃周氏为国后。封弟从善为韩王，南都留守；从益邓王，从谦宜春王，从度昭平郡公，从信文阳郡公。以右仆射严续为司空，依前平章事。大赦境内，文武进位有差。罢诸路屯田使，委所属令佐，与常赋俱征。（原注：初，南唐屯田，置使专掌，至此罢其使，而屯田佃民，绝公吏之挠。）八月，鄂州王崇文卒，以南郊巡检使黄延谦为武清军节度使留后。冬十月，以南都留守韩王从善为司徒，兼侍中、诸道兵马副元帅；以邓王从益为司空、南都留守。下令诸司，无职事官，四品以下至九品，日二员待制于内殿。泉州刘从效遣其子绍基来贡。

三年，刘从效卒，州人立其次子绍镃为留后。绍基未还。统军使陈洪进执绍镃，并其族，送于金陵。推立其副张汉思，汉思老不任事，洪遂逐之，自称留后。国主即以洪进为清源军节度使，以绍基为殿直军都虞侯，绍镃为监门卫中郎将。句容尉张佖上言为理之要，词甚激切，国主手批慰谕，召为监察御史。以神武统军朱业为宁国军节度使，以润州林仁肇为神武统军。秋七月，建州陈诲卒，礼部尚书潘承祐卒。以江州何洙为左武卫上将军，封芮国公。以宣州朱业镇江洲，以神武统军林仁肇为宁国军节度使。

乾德元年，夏，左武卫上将军何洙卒。秋七月，以兵部尚书游简言知尚书省，迁右仆射。是岁，南平高继冲归于京师，国除。初，金陵台阁殿庭皆用鸱吻，自乾德后，朝廷使至，则去之，使还，复用。

二年，春正月，始用铁钱。以铁钱使、户部侍郎韩熙载为兵部侍郎、勤政殿学士。初，烈祖将殂，谓元宗曰："德昌宫泉布亿万缗，以给军用。吾死，善修邻好，北方有事，不可失也。"及元宗即位，兵屡起，德昌泉布既竭，遂铸唐国钱，其文曰唐国通宝。又铸大唐通宝，与唐国钱通用。数年渐弊，百姓盗铸，极为轻小。保大末，兵窘财乏，钟谟改铸大钱，以一当十，文曰永通泉货，径寸七分，重十八铢，字八分书，背面肉好，皆有周郭。谟诛，遂废。至是有铁钱之议，每十钱，以铁钱六，杂铜钱四。既而不用铜钱，民间但以铁钱贸易，物价增涌，民复盗铸，颇多芒刺，不及官场圆净。虽重其法，犯者益众。至末年，铜钱一当铁钱十。礼部侍郎汤悦上言："泉布屡变，乱之招也。且豪民富商不保其赀，则日益思乱。"累数百言，不报。夏，鄂州黄延谦卒，以宣州林仁肇代。九月，封长子仲寓清源公，次子仲宣宣城公。冬十月，仲宣卒，追封岐王。十有一月，国后周氏殂。

三年，春，葬昭惠后于懿陵。蜀孟昶俘于京师，国除。以江州朱业为神武统军侍卫都军使，以虔州留后柴克贞为奉化军节度使。夏，以司空、平章事严续镇润州。秋九月，圣尊后钟氏殂。召南都留守邓王从益还都，以鄂州林仁肇为南都留守。南昌尹葬光穆皇后于顺陵。（原注：朝廷许元宗追复帝号，故钟氏称皇后。）

四年，夏五月，以吉州刺史杨守忠为武清军节度使留后。冬十月，神武统军朱业卒。十有二月，润州严续卒。

五年，春，命两省侍郎、谏议大夫、给事中、中书舍人、集贤勤政殿学士，分夕于光政殿宿直。国主引与谭论，或至夜分。

开宝元年,夏,江王景逖卒。冬十有一月,纳后周氏,昭惠之母弟也。

二年,春,以左仆射游简言兼门下侍郎平章事。夏,简言卒。以礼部侍郎汤悦为门下侍郎平章事。知制诰张洎上疏曰:"悦非经纶之才,不宜处钧衡之地。"国主以悦文学旧臣,特加奖用,乃罢洎职。冬,较猎于青龙山,还憩大理寺,亲录囚徒,原贷甚众。韩熙载奏:"狱讼有司之事,囹圄之中,非车驾所至。请捐内帑钱三百万,充军资库用。"国主从之,曰:"绳愆纠缪,其熙载之谓乎。"天子诏国主谕南汉称臣,刘铱怒,执我行人龚慎仪。

三年,中书侍郎韩熙载卒,赠平章事。命境内崇修佛寺,又于禁中广署僧尼精舍,多聚徒众。国主与后顶僧伽帽,衣袈裟,诵佛经,拜跪顿颡,至为瘤赘。由是建康城中僧徒迨至数千,给廪米缗帛以供之。

四年,春,刘铱俘于京师,国除。夏四月,齐王景达卒。遣弟韩王从善入朝,留于京师,授泰宁军节度使。国主表求从善还国,不许。自从善不还,四时宴会皆罢。登高赋文以见意,曰:"原有鸰兮相从飞,嗟嗟季兮不来归。"常怏怏以国蹙为忧。冬,有商人上密事,请往江陵窃烧皇朝战舰,国主惧事泄,不听,商人遁去。

五年,春,皇朝屯师汉阳,鄂州杨守忠以闻,人心大恟。乃贬损制度,下书称教,改中书门下为左右内侍府,尚书省为司会府,御史台为司宪府,翰林为文馆,枢密院为光政院。降封韩王从善为南楚国公,邓王从益为江国公,吉王从谦为鄂国公。其余官号多有改易,殿庭始去鸱吻。每遇皇朝使至,国主衣紫袍,备藩臣礼;使退,服御如初。

六年,春,皇朝使中书舍人卢多逊来聘,国主愿受封拜,不许。洪州林仁肇卒。冬,中书舍人潘佑荐卫尉卿李平判司农寺,又荐平知司会府。群情纷纷,以为朋党。佑上书极言时政,凡七章,不止,有家国阴阴,如日将暮之时。国主恶之,乃收平下大理,自缢,妻子徙饶州。次收佑,佑自刭,母及妻子徙虔州。

七年,皇朝使阁门使梁迥来聘,从容谓国主曰:"今岁国家有柴燎之礼,当入助祭。"国主唯唯不答。秋,中书舍人李穆赍诏曰:"朕以仲冬有事于圜丘,思与卿同阅牺牲。"国主辞以疾。穆反命,遂决进取。九月,王师自荆湖直趋池州。池州主将戈彦弃城走,遂克池州。进军当涂,将军张温、郑彦华、杜真相继败绩。下教去开宝年号,公私牍籍,称甲戌岁。江南自周世宗后,不复用兵。仅二十年,老将已死,主兵者皆新进少年,以功名自负,辄抗王师。闻兵兴,踊跃言利害者,日有十数,及遇辄败北。中外夺气,戒严城守。国主遣徐铉、周惟简奉表乞缓师,不答。王师进屯建业城南十里。时虽下池州及姑熟,余郡皆未奉命,粮道阻隔。樊若水请于采石系浮桥,以利转辇。每岁大江春夏暴涨,谓之葬花水。及王师至,水皆退小,故识者知其有天命焉。吴越围常州,军使余成礼劫刺史禹万诚以降。吴越进围京口,议者以京口要害之地,当得良将守之,乃拜亲吏刘澄镇海军节度使留后,以凌波军都虞侯卢绛为援。澄已怀向背,因说绛还金陵,而自率将吏降越。袁州萍乡制置使刘茂忠破潭师于境内,拜茂忠袁州刺史。

八年,春,阅民为师徒。升元初,均量民田,以定科赋。

自二缗以上，出一卒，号义师。中有别籍分居，又出一卒，号新拟生军。民有新置物产者，亦出一卒，号新拟军。又于客户内有三丁者抽一卒，谓之围军，后改为拔山军，使物力户为帅以统之。保大中，许郡县村社竞渡，每岁端午，官给彩段，俾两两较其迟速，胜者加以银椀，谓之打标，舟子皆籍其名。至是尽蒐为卒，谓之凌波军。又率民间佣奴赘婿，谓之义勇军。又募豪民能自备缯帛兵器，招集无赖亡命，谓之自在军。又括百姓，自老弱外，能被坚执锐者，谓之排门军。并屯田白甲之类，凡一十三等，皆使扞敌守把。诛神卫统军诸军都虞侯皇甫继勋。秋，洪州节度使朱令赟将兵一十五万屯浔阳、湖口，与诸将议曰："今若前进，而王师反据我后，则上江阻隔，退乏粮道，亟为虏矣。"乃以书招南郡留守刘克贞，代镇湖口。克贞以病留，令赟亦未进。国主累促之，令赟以长筏大舰，帅水陆诸军，至虎蹲洲，与王师遇，舟筏俱焚，令赟死，余众皆溃。金陵受围经岁，城中米斗万钱，死者相枕藉。自润州降后，不闻外信，或云令赟已败，国主犹意其不实。冬，百姓疫死，士卒乏食。谍云："大军决以十有一月乙未破城。"国主议遣其子清源公仲寓出通降款。左右以谓坚垒如此，天象无变，岂可计日取降。是日，城果陷。宫中图籍万卷，尤多钟王墨迹。国主尝谓所幸保仪黄氏曰："此皆累世保惜。城若不守，尔可焚之，无使散逸。"及城陷，文籍尽炀。光政使陈乔曰："吾当大政，使国家致此，非死无以谢。"乃自缢死。诸将战没者，犹数十人。升元寺阁崇构，因山为基，高可十丈，平旦阁影半江，梁时为瓦棺阁，至南唐，民俗犹因其名。士大夫暨豪民富商之家，美女少妇，避难于其上，迨数百人。越兵举火焚之，哭声动天，一旦而烬。大将曹彬整军成列，至其宫门。门开，国主跪拜纳降，彬答拜，为之尽礼。先是，宫中预积薪，煜誓言社稷失守，当携血属赴火。（原注：既降，无国主之号，故书名。）既见彬，彬谕以归朝俸禄有限，费用日广，当厚自赍装，一归有司之籍，即无及矣。遣煜入治装，裨将梁迥、田钦祚力争，以谓苟有不虞，咎将谁执。彬笑而不答，迥等固谏。彬曰："彼能出降，安能死乎？"翌日治舟，彬遣健卒五百人为津致辎重登舟，一卒负笼下道旋，彬立斩之，负担者罔敢蹉跌。煜以藏中黄金，分遗近臣办装，张泌得金二百两，诣彬自陈不受，请奏其事。彬以金输官，而不以闻。煜举族冒雨乘舟，百司官属仅十艘。煜渡中江，望石城，泣下，自赋诗云："江南江北旧家乡，三十年来梦一场。吴苑宫闱今冷落，广陵台殿已荒凉。云笼远岫愁千片，雨打归舟泪万行。兄弟四人三百口，不堪闲坐细思量。"至汴日，登普光寺，擎拳赞念，久之，散施缗帛甚众。

九年，春，俘至京师，封违命侯，授左千牛卫上将军。太宗皇帝登极，改封陇西公。太平兴国三年，公病。（原注：书公者，皇朝所封也。）命翰林医官视疾，中使慰谕者数四。翌日，薨。在伪位十有五年，年四十二，追封吴王，以王礼葬洛京之北邙山。江南人闻之，巷哭，设斋。王著《杂说》百篇，时人以为可继《典论》。又妙于音律，旧曲有《念家山》，王亲演为《念家山破》，其声焦杀，而其名不祥，乃败征也。（原注：复书王者，皇朝追封也。）

徐铉曰：嗣主诸子皆孝，而后主特甚，敦睦亲族，亦无不至。唯以好生富民为务，常欲群臣和于朝，不欲闻人过。章疏有纠谪稍讦者，皆寝不报。酷好古道，而国削势弱，群臣多守常充位，不克如意。叹曰：天下无周公、仲尼，吾道不可行也已。刑法大宽，亦无过此。及大兵之际，上下感恩，故人无异志；威令不素著，故莫尽死力。盖亦天授大宋，非人谋所及也。

　　呜呼，隋文帝初辅政于周，内有五王之难，外罹尉迟迥、司马消难、王谦之乱。方是时，指鹿逐兔，未知适从；武夫悍将，谁无觊觎？萧岿承武皇享国之长，有席卷山南之势，而区区敬慎不敢连衡迥策者，信其臣柳庄之言，预知隋公之必兴故也。矧乃蕞尔江南，获睹真人之作，而不为之退听，其罪当如何哉？李氏有国，肇于天福，盛于开运，削于显德，亡于开宝，岂非有幸于乱世，而不容于治世欤？以周世宗之时，削国降号，稽首称藩，其势固已蹙矣。及属皇朝，普天之下，莫不翘首太平，而犹窃土贼民。十有六年，外示柔服，内怀僭伪，岂非所谓逆命者哉？及其计穷势迫，身为亡虏，犹有故国之思，何大愚之不灵也若此！（原注：后主乐府词云："故国梦初归，觉来双泪垂。"又云："小园昨夜又西风，故国不堪翘首月明中。"皆思古国者也。）

后主本纪

陆游《南唐书》

后主名煜,字重光,元宗第六子,初名从嘉。母曰光穆皇后钟氏。从嘉广颡丰颊骈齿,一目重瞳子。文献太子恶其有奇表,从嘉避祸,惟覃思经籍。历封安定郡王、郑王。文献太子卒,徙吴王,以尚书令知政事,居东宫。

建隆二年,遂立为太子。元宗南巡,太子留金陵监国,以严续、殷崇义辅之,张泊主笺奏。六月,元宗殂,太子嗣立于金陵,更名煜。居丧哀毁,几不胜。赦境内,尊钟后曰圣尊后,以后父名太章也。立妃周氏为国后,徙信王景遏为江王,邓王从善为韩王,立弟从镒为邓王,从谦为宜春王,从信为文阳郡公,从度为昭平郡公。从度,景迁子也。令诸司四品至九品无职事者,日二员待制于内殿。以右仆射严续为司空平章事,余进位有差。遣中书侍郎冯延鲁于京师,奉表陈袭位。太祖赐诏答之,自是始降诏。秋九月,太祖遣鞍辔库使梁义来吊祭。冬十月,太祖遣枢密承旨王文来贺袭位。初,元宗虽臣于周,惟去帝号,他犹用王者礼。至是,国主始易紫袍,见使者,使退如初服。十二月,置龙翔军,以教水战。

建隆三年,春三月,遣冯延鲁入贡京师。泉州节度使、中书令、晋江王刘从效卒,子绍镃自称留后。四月,泉州将陈洪进执绍镃推金陵,推副使张汉思为留后。六月,遣客省使翟如璧入贡京师,太祖放降卒千人南还。冬十一月,遣水部郎中顾彝入贡京师。

乾德元年，春正月，太祖遣使来赐羊马橐驼。三月，太祖出师平荆湖，国主遣使犒军。夏四月，泉州副使陈洪进废张汉思，自称权知军府来告，国主即以洪进为节度使。秋七月，太祖诏国主遣还显德以来中朝将士在江南者，及令杨州民迁江南者，还其故土。十二月，国主表乞罢诏书不名之礼，不从。

乾德二年，春三月，行铁钱，每十钱以铁钱六，权铜钱四而行，其后铜钱遂废，民间止用铁钱。末年，铜钱一直铁钱十。比国亡，诸郡所积铜钱六十七万缗。命吏部侍郎修国史韩熙载知贡举，放进士王崇古等九人。国主命中书舍人徐铉复试舒雅等五人，雅等不就。国主乃自命诗赋题，以中书官莅其事，五人皆见黜。秋八月，太祖于江北置折博务，禁商旅过江。九月，立子仲寓为清源郡公、仲宣宣城郡公。十月甲辰，仲寓卒。国后周氏已寝疾，哀伤增革，遂亦卒。十一月，太祖遣作坊副使魏丕来吊祭。

乾德三年，夏五月，司空平章事严续罢为镇海军节度使。秋九月，雨沙，圣尊后钟氏殂。冬十月，太祖遣染院使李光图来吊祭。

乾德四年，秋八月，国主遣龚慎仪持书使南汉，约与俱事中朝。九月，慎仪至番禺，被执。

乾德五年，春，命两省侍郎、谏议、给事中、中书舍人、集贤勤政殿学士，更直光政殿，召对咨访，率至夜分。

开宝元年，春三月戊申，以枢密使、右仆射殷崇义为左仆射、同平章事。境内旱，太祖赐米麦十万石。冬十一月，立国后周氏。

开宝二年，三月，以游简言为左仆射，兼门下侍郎、同平章事。夏五月，简言卒。是岁，右仆射、同平章事殷崇义罢为润州节度使、同平章事。

开宝三年，夏，太白昼见，二日相触。

开宝四年，冬十月，国主闻太祖灭南汉，屯兵于汉阳，大惧。遣太尉、中书令郑王从善朝贡，称江南国主，请罢诏书不名，从之。有商人来告，中朝造战舰数千艘，在荆南，请密往焚之。国主惧，不敢从。

开宝五年，春二月，国主下令贬损仪制，改诏为教，中书门下为左右内史府，尚书省为司会府，御史台为司宪府，翰林院为文馆，枢密院为光政院，大理寺为详刑院，客省为延宾院，官号亦从改易，以避中朝。初，金陵殿阙皆设鸱吻，元宗虽臣于周，犹如故。乾德后，遇中朝使至，则去之，使还复设。至是，遂去不复用。降诸弟封王者皆为公，从善楚国，从镒江国，从谦鄂国。内史舍人张佖知礼部贡举，放进士杨遂等三人，清耀殿学士张洎言佖多遗才，国主命洎考覆遗不中第者，于是又放王伦等五人。闰月癸巳，太祖命进奉使楚国公从善为泰宁军节度使，留京师，赐第汴阳坊，示欲召国主入朝也。国主遣户部尚书冯延鲁谢从善爵命，延鲁至京师，疾病不能朝而归。

开宝六年，夏，太祖遣翰林院学士卢多逊来，国主闻太祖欲兴师，上表愿受爵命，不许。以司空殷崇义知左右内史事。冬十月，内史舍人潘佑上书切谏。佑素与户部侍郎李平交厚，国主以为事皆由平始，先以平属吏，遣使收佑，佑自杀，平缢死狱中，皆徙其家外郡。

甲戌岁，秋，国主上表求从善归国，不许。太祖遣阁门使梁迥来。使从容言曰："天子今冬行柴燎之礼，国主宜往助祭。"国主不答。九月丁卯，复遣知制诰李穆为国信使，持诏来曰："朕将以仲冬有事圜丘，思与卿同阅牺牲。"且谕以将出师，宜早入朝之意。国主辞以疾，且曰："臣事大朝，冀全宗祀。不意如是，今有死而已。"时太祖已遣颍州团练使曹翰率师先出江陵，宣徽南院使曹彬、侍卫马军都虞侯李汉琼、贺州刺史田钦祚率舟师继发。及是，又命山南东道节度使潘美、侍卫步军都虞侯刘遇东、上阁门使梁迥率师，水陆并进，与国信使李穆同日行。冬十月，国主遣江国公从镒，贡帛二十万疋、白金二十万斤，又遣起居舍人潘慎修贡买宴帛万疋、钱五百万。筑城聚粮，大为守备。闰十月。王师拔池州。国主于是下令戒严，去开宝纪年，称甲戌岁。辛未，王师进拔芜湖及雄远军，吴越亦大举兵犯常、润。国主遣吴越王书曰："今日无我，明日岂有君？一旦明天子易地赏功，王亦大梁一布衣耳。"吴越王表其书于朝。王师次采石矶，作浮桥成，长驱渡江，遂至金陵。每岁大江春夏暴涨，谓之黄花水。及王师至，而水皆缩小，国人异之。国主以军旅委皇甫继勋，机事委陈乔、张泊，又以徐元瑀、刁衎为内殿传诏。而遽书警奏，日夜狎至，元瑀等辄屏不以闻。王师屯城南十里，闭门守陴，国主犹不知也。初，烈祖有国，凡民产二千以上出一卒，号义军；分籍者又出一卒，号生军；新置产亦出一卒，号新拟军。客户有三丁者，出一卒，号拔山军。元宗时许郡县村社竞渡，每岁重午日，官阅试之，胜者给绬帛银椀，皆籍姓名。至是，尽取为卒，号凌波军。民奴及赘壻号义勇军。募豪民以私财招聚亡赖亡命，号自在军。至是，又大蒐境内，自老弱外皆募为卒，号排门军。民间又有自相率拒敌、以纸为甲、农器为兵者，号白甲军。凡十三等，皆使捍御，然实皆不可用，奔溃相踵。

乙亥岁，春二月壬戌，王师拔金陵关城。三月丁巳，吴越攻我常州，权知州事禹万诚以城降，诛神卫都指挥使皇甫继勋。彗出五车，色白，长五尺。夏六月，转见西方，犯太微，六十日灭。王师及吴越围润州，留后刘澄以城降。吴越遂会王师，围金陵。洪州节度使朱令赟帅胜兵十五万赴难，旌旗战舰甚盛，编木为栰，长百余丈，大舰容千人，令赟所乘舰尤大，拥甲士，建大将旗鼓，将断采石浮桥。至皖口，与王师遇，倾火油焚北船，适北风反焰自焚，我军大溃，令赟及战櫂都虞侯王晖皆被执。外援既绝，金陵益危蹙。王师百道攻城，昼夜不休，城中米斗万钱，人病足弱，死者相枕籍。国主两遣徐铉等厚贡方物，求缓兵守祭祀，皆不报。冬十一月，白虹贯天，昼晦。乙丑，城陷，将军咼彦、马承信，及弟承俊帅壮士数百，力战而死。勤政殿学士钟蒨朝服坐于家，乱兵至，举族就死不去。光政使、右内史侍郎陈乔请死，不许，自缢死。国主帅司空、知左右内史事殷崇义等肉袒降于军门。明年正月辛未，至京师。乙亥，授右千牛卫上将军，封违命侯。太宗即位，加特进，改封陇西公。太平兴国三年七月辛卯殂，年四十二。是日，七夕也，后主盖以是日生。赠太师，追封吴王，葬洛阳北邙山。

后主天资纯孝，事元宗尽子道，居丧哀毁，杖而后起。嗣位之初，属保大军兴之后，国削势弱，帑庾空竭，专以爱民为急，蠲赋息役，以裕民力。尊事中原，不惮卑屈，境内赖以少安者十有五年。宪司章疏有绳纠过讦，皆寝不下。论决死刑，多从末减，有司固争，乃得少正，犹垂泣而后许之。常猎于青山，还如大理寺，亲录系囚，多所原释。中书侍郎韩熙载奏，狱讼有司之事，囹圄非车驾所宜临幸，请罚内库钱三百万以资国用。虽不听，亦不怒也。殂问至江南，父老有巷哭者。然酷好浮屠，崇塔庙，度僧尼不可胜算。罢朝辄造佛屋，易服膜拜，以故颇废政事。又置澄心堂于苑内，引能文士，及徐元机、元榆、元枢兄弟居其间，中旨由之而出，中书密院乃同散地。兵兴之际，降御札，移易将帅，大臣无知者。皇甫继勋诛死之后，夜出万人，斫营招讨使但署牒遣兵，竟不知何往。盖皆澄心堂直承宣命也。长围既合，内外隔绝，城中之人惶怖无死所，后主方幸净居室听沙门德明、云真、义伦、崇节讲《楞严》《圆觉》经。用鄱阳隐士周惟简为文馆诗易侍读学士，延入后苑，讲《易·否》卦，赐维简金紫。群臣皆知国亡在旦暮，而张洎犹谓北师已老，将自遁去。后主益甘其言，晏然自安，命户部员外郎伍乔于围城中放进士孙确等三十人及第。其所施为，大抵类此，故虽仁爱足以感其遗民，而卒不能保社稷云。

大宋左千牛卫上将军追封
吴王陇西公墓志铭并序

徐　铉

　　盛德百世，善继者所以主其祀；圣人无外，善守者不能固其存。盖运历之所推，亦古今之一贯。其有享蕃锡之宠，保克终之美，殊恩饰壤，懿范流光，传之金石，斯不诬矣。王讳煜，字重光，陇西人也。昔庭坚赞九德，伯阳恢至道，皇天眷佑，锡祚于唐。祖文宗武，世有显德。载祀三百，龟玉沦胥。宗子维城，蕃衍万国。江淮之地，独奉长安。故我显祖，用膺推戴。淳耀之烈，载光旧吴。二世承基，克广其业。皇宋将启，玄贶冥符。有周开先，太祖历试，威德所及，寰宇将同。故我旧邦，祇畏天命，贬大号以禀朔，献地图而请吏。故得义动元后，风行域中，恩礼有加，绥怀不世。鲁用天王之礼，自越常钧；鄅存纪侯之国，曾何足贵？王以世嫡嗣服，以古道驭民。钦若彝伦，率循先志。奉蒸尝，恭色养，必以孝；宾大臣，事耆老，必以礼。居处服御必以节，言动施舍必以时。至于荷全济之恩，谨蕃国之度，勤修九贡，府无虚月；祇奉百役，知无不为。十五年间，天眷弥渥。然而果于自信，怠于周防，西邻起衅，南箕构祸。投杼致慈亲之惑，乞火无里妇之辞。始劳因垒之师，终后涂山之会。大祖至仁之举，大赉为怀；录勤王之前效，恢焚谤之广度。位以上将，爵为通侯，待遇如初，宠锡斯厚。今上宣猷大麓，敷惠万方，每侍论思，常存开释。

及飞天在运，丽泽推恩，擢进上公之封，仍加掌武之秩。侍从亲礼，勉谕优容。方将度越等彝，登崇名数。呜呼！阆川无舍，景命不融，太平兴国三年秋七月八日遘疾，薨于京师里第，享年四十有二。皇上抚几兴悼，投瓜轸悲，痛生之不逮。俾殁而加饰，特诏辍朝三日，赠太师，追封吴王，命中使莅葬。凡丧祭所须，皆从官给。即其年冬十月日，葬于河南府某县某乡某里，礼也。夫人郑国夫人周氏，勋旧之族，是生邦媛，肃雍之美，流咏国风。才实女师，言成阃则。子左千牛卫大将军某，襟神俊茂，识度淹通，孝悌自表于天资，才略靡由于师训，日出之学，未易可量。惟王天骨秀异，神气清粹，言动有则，容止可观。精究六经，旁综百氏。常以为周孔之道，不可暂离，经国化民，发号施令，造次于是，始终不渝。酷好文辞，多所述作。一游一豫，必颂宣尼。载笑载言，不忘经义。洞晓音律，精别雅郑；穷先王制作之意，审风俗淳薄之原。为文谕之，以续《乐记》。所著文集三十卷，杂说百篇。味其文，知其道矣。至于弧矢之善，笔札之工，天纵多能，必造精绝。本以恻隐之性，仍好竺乾之教。草木不杀，禽鱼咸遂。赏人之善，常若不及；掩人之过，惟恐其闻。以至法不胜奸，威不克爱。以厌兵之俗，当用武之世。孔明罕应变之略，不成近功；偃王躬仁义之行，终于亡国。道有所在，复何愧欤？呜呼哀哉！二室南峙，三川东注，瞻上阳之宫阙，望北邙之灵树，旁寂寂兮回野，下冥冥兮长暮。寄不朽于金石，庶有传于竹素。其铭曰：

天鉴九德，锡我唐祚。绵绵瓜瓞，茫茫商土。裔孙有庆，旧物重睹。开国承家，疆吴跨楚。丧乱孔棘，我恤畴依。圣人既作，我知所归。终日靡俟，先天不违。惟藩惟辅，永言固之。道或污隆，时有险易。蝇止于棘，虎游于市。明明大君，宽仁以济。嘉尔前哲，释兹后至。亦觌亦见，乃侯乃公。沐浴玄泽，徊翔景风。如松之茂，如山之崇。奈何不淑，运极化穷。旧国疏封，新阡启室。人谂之谋，卜云其吉。龙章骥德，兰言玉质。邈尔何往，此焉终毕。俨青盖兮裶裶，驱素虬兮迟迟。即隧路兮徒返，望君门兮永辞。庶九原之可作，与猴岭兮相期。垂斯文于亿载，将乐石兮无亏。

御制杂说序

徐　铉

　　臣闻轩后之神也，畏爱止乎三百。唐虞之圣也，倦勤及乎耄期。文王之明夷也，爻象周于六虚。宣父之感麟也，褒贬流于百代。乃知功利之及物者，与形器而有限。道德之垂宪者，将造物而常新。是故体仁者必恳恳于立言，务远者必勤勤于弘道。然则封泰山，告成功，七十二家；正礼乐，删《诗》《书》，一人而已。大矣哉，立教之难也！有唐基命，长发祥符。旧物重甄，斯文不坠。皇上高明博厚，濬哲文思。既承累圣之资，仍就甘盘之学。鸿才绮縟，理绝名言。默识泉深，事符影响。自祗膺眷命，钦若重熙。广大孝以厚时风，励惟精而勤庶政。宥万方而罪己，体百姓以为心。俗富刑清，时安岁稔。其或万岁暇豫，禁御晏居。接对侍臣，宵分乃罢。讨论坟典，昧旦而兴。口无择言，手不释卷。尝从容谓近臣曰："卿辈从公之暇，莫若为学为文。为学为文，莫若讨论六籍。游先王之道义不成，不失为古儒也。今之为学，所宗者小说，所尚者刀笔，故发言奋藻，则在古人之下风，以是故也。"其高识远量，又如此焉。昔魏武帝有言"老而勤学"，而所著止于兵书；吴大帝亦云"学问自益"，而无闻述作。风化之旨，彼其恶欤？属者国步中艰，兵锋始戢。惜民力而屈己，畏天命而侧身。静处凝神，和光戢耀。而或深惟邃古，遐考万殊。惧时运之难并，鉴谟猷之可久。于是属思天人之际，游心今古之间。触绪研几，因文见意。纵横毫翰，炳焕缣缃。以为百王之季，六乐道丧，移风易俗之用，荡而无止，慆心堙耳之声，流而不反，故演《乐记》焉。尧舜既往，魏晋已还，授受非公，争夺萌起，故论享国延促焉。三正不修，法弊无救，甘心于季世之伪，绝意于还淳之理，故论古今淳薄焉。战国之后，右武贱儒，以狙诈为智能，以经艺为迂阔。此风不革，世难未已，故论儒术焉。父子恭爱之情，君臣去就之分，则褒申生，明荀彧，俾死生大义，皎然明白。推是而往，无弗臻善。皆天地之深心，圣贤之密意，礼乐之极致，教化之本源，六籍之微辞，群疑之互见，莫不近如指掌，焕若发蒙。万物之动，不能逃其形；百王之变，不能异其趣。洋洋乎，大人之谟训也！夫天工不能独运，元后不能独理。故有道无时，孟子所以咨嗟。有君无臣，郑公所以叹恨。庶乎斯民有幸，大道将行，举而错之域中，则三五之功，何远乎尔？臣又闻将顺致美，铺陈耿光。布尧言于万邦，称汉德于殊俗，盖词臣职也。

若乃向明而理，负扆而朝，庆赏威刑，豫游言动，则有太史氏存焉。又若雅颂文赋，凡三十卷，鸿笔丽藻，玉振金相，则有中书舍人集贤殿学士徐锴所撰《御集序》详矣。今立言之作。未即宣行。理冠皇坟，谦称《杂说》。臣铉以密侍禁掖，首获观瞻。有诏冠篇，勒成三卷。而三卷之中，文义既广，又分上下焉。凡一百篇，要道备矣。将《五千》而并久，与二曜以同明。昭示孙谟，永光册府。

谨上。

李煜研究资料汇编

著作

1. 董希平:《李煜》,中华书局,2010 年。
2. 王兆鹏:《李煜词集》,上海古籍出版社,2009 年。
3. 陈葆真:《李后主和他的时代:南唐艺术与历史》,北京大学出版社,2009 年。
4. 蒋方:《李璟李煜集》,凤凰出版社,2009 年。
5. 许渊冲:《李煜词选(图文典藏本)》,河北人民出版社,2006 年。
6. 王晓枫:《李煜集》,山西古籍出版社,2004 年。
7. 白巍:《为谁和泪倚阑干——李璟李煜》,中华书局,2004 年。
8. 杨敏如主编:《南唐二主词新释辑评》,中国书店,2003 年。
9. 吴颖、吴二持、李来涛:《李璟李煜全集》,汕头大学出版社,2002 年。
10. 上海古籍出版社编:《南唐二主词》,上海古籍出版社,2002 年。
11. 王晓枫:《李煜秦观词研究》,山西人民出版社,2001 年。
12. 万顺昌:《李煜诗词合编》,中国文联出版社,2001 年。
13. 文东:《李煜词选注》,吉林文史出版社,2000 年。
14. 杨海明:《李璟李煜(插图中国文学)》,春风文艺出版社,1999 年。
15. 刘孝严:《南唐二主词诗文集译注》,吉林文史出版社,1997 年。
16. 蒲仁、梅龙:《南唐二主词全集》,中国文联出版社,1997 年。
17. 李中华:《浪漫人生——李后主的人生哲学》,华夏出版社,1997 年。

18. 柯宝成、操戈、胡成佳:《南唐李后主词诗全集》,山西高校联合出版社,1995年。

19. 蔡厚示主编:《李璟李煜词赏析集》,巴蜀书社,1988年。

20. (新加坡)谢世涯:《南唐李后主词研究》,学林出版社,1994年。

21. 鲍菉芜、周广全:《李后主的诗词艺术》,人民中国出版社,1993年。

22. 傅正谷、王沛霖:《南唐二主词析释》,天津古籍出版社,1988年。

23. 《南唐二主词》,《词林集珍》,上海古籍出版社,1989年。

24. 纪国盛、施平:《李煜词评释》,金陵书社,1992年。

25. 詹幼馨:《南唐二主词研究》,武汉出版社,1992年。

26. 《南唐李后主墨迹(影印)》,天津古籍出版社,1989年。

27. 郑学勤:《南唐二主词》,上海古籍出版社,1988年。

28. 唐圭璋:《南唐二主年表》,《词学论丛》,上海古籍出版社,1986年。

29. 高兰、孟祥鲁合著:《李后主评传》,齐鲁书社,1985年。

30. 朱传誉主编:《李煜传记资料》,台北:天一出版社,1985年。

31. 刘大白:《李后主与宋徽宗》,《旧诗新话》,台北:庄严出版社,1977年。

32. 詹安泰:《李憬李煜词》,人民文学出版社,1958年。

33. 文学遗产编辑部:《李煜词讨论集》,作家出版社,1957年。

34. 王仲闻:《南唐二主词校订》,人民文学出版社,1957年。

35. 胡云翼:《李后主词》,文力出版社,1946年。

36. 杨萌深:《李后主》,商务印书馆,1935年。

37. 管效先:《南唐二主全集》,商务印书馆,1935年。

38. 章崇义:《李后主诗词年谱》,南京书店,1933年。

论文

39. 郭惠冰:《略论饮水词愁苦风格之形成及其与李后主词之关系》,《新亚书院中国文学系年刊》第1期,1963年7月。

40. 顾学颉:《李后主传论》,《学术季刊》(兰州)第2期,1946年。

41. 詹幼馨:《南唐二主世系》,《中央日报》(南京),1946年12月24日。

42. 唐圭璋:《屈原与李后主》,《时事新报》(学灯),1943年4月。(后收入《词学论丛》)

43. 夏承焘:《南唐二主年谱》,《词学季刊》2卷4号,3卷1、2号,1936年3、6号。(后收入《唐宋词人年谱》,上海古籍出版社,1979年新1版)

44. 刘凌云:《论李煜词的文学共同美》,《长城》2011年8期。

45. 申明秀:《怎一个愁字了得——李煜诗词道释意蕴探析》,《德宏师范高等专科学校学报》2009年2期。

46. 马麒、唐小丽:《亡国之音哀以思——论李煜词中的悲苦与忧患、忏悔与痛悼》,《德宏教育学院学报》2005年2期。

47. 刘欣:《眼界始大感慨遂深——李煜〈相见欢·无言独上西楼〉品味赏析》,《德宏师范高等专科学校学报》2009年4期。

48. 张鄂增:《"话到沧桑语始工"——李煜词的艺术价值评析》,《无锡南洋学院学报》2005年2期。

49. 李志远、李斯慧:《李煜后期词作中隐喻的解读》,《鸡西大学学报》2011年1期。

50. 韩波:《从"敦煌曲子词"到"唐五代文人词"词体审美风格之嬗变》,《大庆师范学院学报》2011年1期。

51. 董仲舒:《李煜:硬着头皮当皇帝》,《江淮文史》2011年1期。

52. 高兴兰:《论李煜词的艺术魅力》,《重庆科技学院学报(社会科学版)》2011年4期。

53. 马玉霞:《词中之帝与帝王之词——李煜与赵佶词之比较》,《鸡西大学学报》2011年2期。

54. 高峰:《南唐宗教与文学》,《南阳师范学院学报》2011年4期。

55. 王健:《试论李煜词的抒情性特点——从时间、空间、人物说开去》,《南阳师范学院学报》2011年4期。

56. 肖丽萍:《论晚唐至宋初艳情词主体意识的演进》,《文学界(理论版)》2011年3期。

57. 王岩、刘艺虹:《"南唐词人"李煜词的艺术特色——李煜词的情感与意象》,《白城师范学院学报》2011年1期。

58. 李青春:《论李煜词在接受过程中的艺术价值》,《华章》2011年4期。

59. 戴蕤娜:《愁如高山恨似海——李煜后期词初探》,《长江师范学院学报》2011年3期。

60. 袁和平、袁娇萍:《论李煜"诗化之词"的美感特质》,《山西财经大学学报》2011年S2期。

61. 张鹏:《李煜〈虞美人〉细读》,《安徽文学(下半月)》2011年6期。

62. 关伟:《论李煜以物喻愁词在北宋词家中的回响》,《贵阳学院学报(社会科学版)》2011年2期。

63. 郑凯歌:《从〈人间词话〉对"游词"的批评看王国维的文学批评》,《内江师范学院学报》2011年7期。

64. 邢红平:《"童心"的构筑:赋得真美在人间——试论李煜词的真与美》,《开封教育学院学报》2011年2期。

65. 李平:《浅析李煜词的艺术魅力》,《北方文学(下半月)》2011年4期。

66. 邢航：《薄命君王绝代词——李煜创作背景及词作简析》，《青年文学家》2011 年 8 期。

67. 徐玲：《浅谈李煜后期词的家国之思》，《华章》2011 年 17 期。

68. 邹华：《论李煜词的诗化》，《云南民族大学学报（哲学社会科学版）》2010 年 1 期。

69. 胡捷：《春花秋月何时了——试析南唐后主李煜悲剧人生的性格致因》，《安徽文学（下半月）》2010 年 2 期。

70. 李定广：《从点化唐诗看李煜词对于北宋词的范本意义》，《学术界》2010 年 1 期。

71. 张洪海：《李煜、陈子龙、纳兰性德三家词比较》，《滨州学院学报》2010 年 1 期。

72. 李毅：《论李煜词中梦境的虚与实》，《安徽文学（下半月）》2010 年 3 期。

73. 张超：《李煜词百年研究综述》，《燕山大学学报（哲学社会科学版）》2010 年 1 期。

74. 王美玲：《从"闲""空"二字试析二李后期词中的情感差异》，《社会科学论坛》2010 年 3 期。

75. 赵云玲、韩昉：《李煜与邓恩诗作艺术手法之会通》，《长城》2010 年 2 期。

76. 仲红卫：《人生·情思·诗境——析李煜〈相见欢〉》，《文史知识》2010 年 5 期。

77. 李鹤松：《江行初雪图（局部）》，《湖南省社会主义学院学报》2010 年 2 期。

78. 冯尚：《〈人间词话〉不人间》，《中国海洋大学学报（社会科学版）》2010 年 3 期。

79. 弓艳：《浅谈李煜后期作品》，《太原城市职业技术学院学报》

2010 年 5 期。

80. 李星:《南唐宫廷文化对李煜前期词创作的影响》,《求索》2010
年 5 期。

81. 陈艳秋:《兴发感动真情词——论李煜词中之情》,《作家》2010
年 10 期。

82. 冯杰飞:《论李煜与纳兰性德词风之异同》,《内蒙古民族大学学
报》2010 年 3 期。

83. 周延松:《李煜词中的春意象》,《忻州师范学院学报》2010 年
3 期。

84. 刘安军:《从李煜词的英译看意境美的再现》,《湖北函授大学学
报》2010 年 3 期。

85. 谢华平:《纳兰性德与李煜的词之形式比较》,《作家》2010 年
14 期。

86. 郑海涛:《李煜、李清照后期词艺术成就之比较》,《文学界(理论
版)》2010 年 1 期。

87. 张小平:《亡国之音哀以思——再论李煜词作的思想内容》,《时
代文学(下半月)》2010 年 3 期。

88. 黄萍:《论李煜词的抒情品格》,《齐齐哈尔师范高等专科学校学
报》2010 年 4 期。

89. 李新艳、岳磊:《独上西楼,处处皆愁——简析李煜〈相见欢〉》,
《文学界(理论版)》2010 年 7 期。

90. 欧阳春勇、王林飞:《人生长恨 血泪悲歌——论李煜"恨"之人
生体验》,《延安职业技术学院学报》2010 年 4 期。

91. 范国栋:《李煜词中情感隐喻的认知机制研究》,《长江大学学报
(社会科学版)》2010 年 4 期。

92. 雷雅蕾:《认知视角下品李煜的意象王国》,《南昌高专学报》

2010 年 4 期。

93. 张昭媛:《论李煜后期词作的感情内涵》,《淮南职业技术学院学报》2010 年 2 期。

94. 高春花:《天上人间——浅谈李煜词〈虞美人〉》,《文学界(理论版)》2010 年 8 期。

95. 高俊:《倘非误作人主 哪得如许风流——李煜词风与其身份关系浅析》,《景德镇高专学报》2010 年 3 期。

96. 盛汝真:《试论李煜词的语言艺术特色》,《作家》2010 年 20 期。

97. 秦翠翠:《论"知音"理论与"接受"理论中的接受观——兼谈李煜词的意境之美》,《延边教育学院学报》2010 年 5 期。

98. 王惠民:《简论李煜词穿越历史时空的词学张力》,《长春理工大学学报》2010 年 10 期。

99. 戴启飞、苌乾坤:《浮华背后的哀叹——李煜其人其词之扞格与融通》,《安徽农业大学学报(社会科学版)》2010 年 6 期。

100. 李小山:《论李煜词的"真"》,《名作欣赏》2010 年 35 期。

101. 朱妲:《自是人生长恨水长东》,《安徽文学(下半月)》2009 年 2 期。

102. 高琛:《论李煜的艺术成就》,《艺术教育》2009 年 2 期。

103. 欧阳丽花:《论李煜与柳永表达情感方式的异同》,《南昌高专学报》2009 年 1 期。

104. 康莉:《一枝一叶总关情——李煜词的情感特色及成因解析》,《安徽文学(下半月)》2009 年 4 期。

105. 林燕:《文化语言学视角中〈虞美人〉英译文的得与失》,《重庆工学院学报(社会科学版)》2009 年 2 期。

106. 欧阳钦:《试论李煜词对中国传统文化困境的超脱》,《吉林省教育学院学报》2009 年 4 期。

107. 陈季皇:《试比较词坛"二李"的愁恨词》,《开封教育学院学报》2009 年 1 期。

108. 宋静:《浅谈李煜词的宗教色彩》,《安徽文学(下半月)》2009 年 5 期。

109. 李杰虎:《二李词悲剧型美感溯源》,《河南科技大学学报(社科版)》2009 年 2 期。

110. 庞维跃、陈俊文:《李煜后期顿宕哀婉词风探微》,《乌鲁木齐成人教育学院学报》2009 年 1 期。

111. 白笑天:《李煜新论》,《西北民族大学学报(哲学社会科学版)》2009 年 2 期。

112. 申明秀:《执著与超脱——李煜〈虞美人〉主旨新探》,《重庆科技学院学报(社会科学版)》2009 年 6 期。

113. 刘非非:《试论李煜词的"神秀"》,《大众文艺(理论)》2009 年 9 期。

114. 钱丽萍:《浅谈李煜后期词的艺术特色》,《中共太原市委党校学报》2009 年 3 期。

115. 邓心强:《读者嗜爱李煜词探秘》,《河南工程学院学报(社科版)》2009 年 2 期。

116. 谢健:《论李煜词中的女性化意识及其成因》,《潍坊学院学报》2009 年 1 期。

117. 包绍亮:《李煜词意境特质的审美透视》,《三明学院学报》2009 年 3 期。

118. 安佰英:《浅议李煜词中白描手法的运用》,《大众文艺(理论)》2009 年 16 期。

119. 景旭锋、周龙:《抒情主人公的出现——李煜对词体的贡献》,《琼州学院学报》2009 年 4 期。

120. 陈桂华:《从尼采的悲剧世界观看李煜的审美人生》,《重庆教育学院学报》2009 年 4 期。

121. 刘伟安:《召唤结构与李煜后期词的魅力》,《阜阳师范学院学报(社科版)》2009 年 4 期。

122. 李侠:《自是人生长恨水长东——浅论李煜与赵佶其人其词》,《内蒙古农业大学学报(社会科学版)》2009 年 5 期。

123. 王兆鹏:《悲喜人生——漫话李煜其人其词》,《古典文学知识》2009 年 6 期。

124. 林小玲:《千古词帝的悲歌——浅析李煜后期词作》,《湖北成人教育学院学报》2009 年 6 期。

125. 王洪辉:《李煜〈虞美人〉的审美艺术特征》,《长城》2009 年 12 期。

126. 王恩全:《李煜在中国词史上的贡献与地位》,《沈阳农业大学学报(社会科学版)》2009 年 6 期。

127. 刘健萍:《李煜词的美及美感》,《山西农业大学学报(社会科学版)》2009 年 6 期。

128. 安朝辉:《〈人间词话〉推重李煜词的一个原因——从王国维及其词论的"悲剧性"探讨》,《河池学院学报》2009 年 6 期。

129. 谢健:《李煜词女性意象探微》,《重庆社会科学》2009 年 2 期。

130. 饶自斌:《李煜〈虞美人〉辨》,《湖北师范学院学报(哲社科学版)》2008 年 1 期。

131. 马荟苓:《一曲悲歌恨悠悠——读李煜的〈乌夜啼〉有感》,《佳木斯教育学院学报》2009 年 4 期。

132. 李发亮:《李煜词悲剧探析》,《安徽文学(下半月)》2008 年 4 期。

133. 王丽芳:《论李煜的梦词》,《和田师范专科学校学报》2008 年

3 期。

134. 周建华:《自是人生长恨水长东——李煜词作情感特征论略》,《赤峰学院学报(汉文哲学社会科学版)》2008 年 3 期。

135. 刘永山、张增林:《担荷人类罪恶,抒写赤子之心——评李煜词的情感模式》,《山东文学》2008 年 4 期。

136. 孙大志:《漫谈李煜之死》,《安徽文学(下半月)》2008 年 5 期。

137. 张瑞君:《论李煜词的生命意识》,《太原师范学院学报(社会科学版)》2008 年 3 期。

138. 范松义:《李后主词中月意象的解读》,《南阳师范学院学报》2008 年 5 期。

139. 孙江南:《试论李煜悼亡诗的艺术特色》,《安徽文学(下半月)》2008 年 5 期。

140. 汤秀明:《从王国维评李煜词看其境界说之"真"》,《安康学院学报》2008 年 3 期。

141. 杜宏春、胡静:《论李煜词的生命意识》,《长春师范学院学报(人文社会科学版)》2008 年 7 期。

142. 张树森:《浅谈李煜前期词作的主要内容》,《洛阳师范学院学报》2008 年 3 期。

143. 王庆华:《浅谈李煜词的艺术特色》,《辽宁师专学报(社科版)》2008 年 3 期。

144. 李星:《难得帝王亦情真——解析李煜的情感世界》,《安阳师范学院学报》2008 年 3 期。

145. 徐红:《李煜家族与开封》,《开封大学学报》2008 年 2 期。

146. 于璟:《浅析李煜词前后期的特点》,《焦作大学学报》2008 年 3 期。

147. 谢键、冯建国:《李煜词中的女性审美意象和艺术自叙性》,《合肥师范学院学报》2008 年 4 期。

148. 霍仙梅:《小词深情之美,异曲同工之妙——李煜、李清照词风探究》,《忻州师范学院学报》2008 年 4 期。

149. 侯桂运:《素月生辉——李煜笔下的月》,《山东商业职业技术学院学报》2008 年 4 期。

150. 白虹、高雪、王苗:《李煜前后期词比较》,《延安教育学院学报》2008 年 3 期。

151. 倪海权:《李煜词情感世界探微》,《绥化学院学报》2008 年 5 期。

152. 牛前进:《"粗服乱头,不掩国色"——南唐后主李煜词风探析》,《山西大同大学学报(社会科学版)》2008 年 5 期。

153. 王德宜:《论李煜后期词的悲情意识》,《乐山师范学院学报》2007 年 1 期。

154. 冯皓:《弦外听音,明辨深意——以"朱颜改"指代为例兼评李煜词》,《佳木斯大学社会科学学报》2007 年 1 期。

155. 王建平:《李煜词创作的个性心理阐释》,《河南师范大学学报(哲学社会科学版)》2007 年 2 期。

156. 高峰:《南唐词的审美特质》,《江苏社会科学》2007 年 2 期。

157. 陈柏华:《李煜不同时期的词作风格初探》,《江苏教育学院学报(社会科学版)》2007 年 2 期。

158. 杨绍恭:《真境逼而神境生——从"境界说"窥李煜词之美》,《民族艺术研究》2007 年 2 期。

159. 李卫华:《论李煜词中的无奈情绪及其文化意义》,《宁夏大学学报(人文社会科学版)》2007 年 3 期。

160. 陈静、焦晓云:《李煜、李清照词的艺术特色探微》,《燕山大学学报(哲学社会科学版)》2007 年 2 期。

161. 邢红平:《错位的悲哀与无奈》,《开封教育学院学报》2007 年
     2 期。

162. 王蓓、喻承久:《从〈浪淘沙令〉管窥形象大于思想的诠释现
     象》,《空军雷达学院学报》2007 年 3 期。

163. 李杰虎:《李煜词的"新""美"艺术特征》,《南都学坛》2007 年
     4 期。

164. 张胜珍:《李煜与佛教》,《世界宗教文化》2007 年 2 期。

165. 李筱茜:《试论南唐三主文》,《佳木斯大学社会科学学报》2007
     年 4 期。

166. 吴昱:《浅论李煜词的艺术成就》,《辽宁教育行政学院学报》
     2007 年 6 期。

167. 张颖:《宋代文人对李煜词的接受》,《唐山师范学院学报》2007
     年 4 期。

168. 龚贤、高林:《钟隐冬寒泣冰雪 静安秋晚哀霰霜——李煜与王
     国维悲情词比较》,《写作》2007 年 13 期。

169. 李天树:《李煜词艺术特色赏析》,《成都大学学报(教育科学
     版)》2007 年 8 期。

170. 成松柳、王峰:《试论李煜词的现代研究》,《长沙理工大学学报
     (社会科学版)》2007 年 3 期。

171. 霍明宇:《李煜词生命意识研究》,《潍坊学院学报》2007 年
     3 期。

172. 盛汝真:《纯朴自然 天真烂漫——试论李煜词的语言艺术特
     色》,《山东文学》2007 年 12 期。

173. 郑丽鑫:《试论李煜词与晏几道词的共同特征》,《梧州学院学
     报》2007 年 5 期。

174. 司勇:《问君能有几多愁? 恰似一江春水向东流——浅谈李煜

后期词沉郁悲凉的美学风格》,《辽宁经济管理干部学院学报》
2007 年 4 期。

175. 章莉:《李煜写梦词浅探》,《山西高等学校社会科学学报》2006
年 2 期。

176. 李学珍:《用精神分析法解读李后主》,《天津职业院校联合学
报》2006 年 1 期。

177. 郭平:《问君能有几多愁——浅谈李煜后期词风的形成》,《山
东社会科学》2006 年 5 期。

178. 周虹:《浅谈李煜、李清照前后期词风变化》,《辽宁行政学院学
报》2006 年 6 期。

179. 沈燕红:《问君能有几多愁 愁似湘江日夜潮——李煜和纳兰
性德词作相似性比较》,《宁波职业技术学院学报》2006 年
3 期。

180. 骆新泉:《李煜的悲剧性格铸就其词的魅力》,《常州工学院学
报(社科版)》2006 年 3 期。

181. 吴帆、李海帆:《论李煜李清照词相似的审美特征及其成因》,
《吉林大学社会科学学报》2006 年 4 期。

182. 邹华:《试析李煜词的社会文化根源》,《学术探索》2006 年
3 期。

183. 何娴:《试论李煜后期词的艺术魅力》,《遵义师范学院学报》
2006 年 2 期。

184. 吕耀森:《李煜与词的抒情性特征》,《中州学刊》2006 年 4 期。

185. 库万晓:《纳兰后主词之比较》,《天中学刊》2006 年 4 期。

186. 佟晓梅:《试论文学家的作品及爱国情怀》,《太原城市职业技
术学院学报》2006 年 4 期。

187. 刘锋焘:《从李煜到苏轼——"士大夫词"的承继与自觉》,《文

史哲》2006 年 5 期。

188. 熊开发:《"十字架"上的李煜——关于李后主悲剧宗教意义的比较研究》,《中国比较文学》2006 年 3 期。

189. 王晓枫:《论李煜诗》,《太原师范学院学报(社会科学版)》2006 年 6 期。

190. 白晶:《李煜词的艺术审美价值》,《陕西师范大学继续教育学报》2006 年 S1 期。

191. 郭建平:《自是人生长恨水长东——试论李煜的忧愁人生和忧愁词》,《开封教育学院学报》2006 年 4 期。

192. 段守艳:《试论唐宋愁情词的意象》,《辽宁教育行政学院学报》2006 年 11 期。

193. 许程明:《李煜词与佛教信仰》,《韩山师范学院学报》2005 年 1 期。

194. 林国莉:《深广、凄绝两由之——从〈虞美人〉和〈武陵春〉看李煜和李清照的愁》,《保山师专学报》2005 年 1 期。

195. 钱晓丽:《从〈人间词话〉的角度谈李煜词》,《湖州师范学院学报》2005 年 3 期。

196. 裴文意:《李煜"爱国思想"辨析》,《湖州职业技术学院学报》2005 年 1 期。

197. 张晴:《惨痛的亡国之哀 深沉的人生体验——李煜词简论》,《玉溪师范学院学报》2005 年 4 期。

198. 姚春梅:《一江春水向东流——论李煜词的抒情艺术》,《和田师范专科学校学报》2005 年 3 期。

199. 彭金莲:《李煜词中梦境解析》,《濮阳职业技术学院学报》2005 年 2 期。

200. 杨芳:《赤子之心书血泪——论李煜词的"真"》,《郧阳师范高等专科学校学报》2005 年 2 期。

201. 杨建飞:《论李煜的愁恨词》,《丽水学院学报》2005 年 3 期。

202. 黄光:《李煜和花间词》,《成都教育学院学报》2005 年 8 期。

203. 孟玉珍:《真率明朗 成就情感自传——李煜词通读》,《长沙铁道学院学报(社会科学版)》2005 年 3 期。

204. 刘广辉:《小令能传家国恨,不教词境囿〈花间〉——李煜后期词作浅析》,《新乡教育学院学报》2005 年 4 期。

205. 刘广辉:《千古真情一钟隐 肯抛心力写词经——简论南唐后主李煜后期的词》,《漯河职业技术学院学报》2005 年 3 期。

206. 谷英姿:《论李煜词的艺术成就》,《长春师范学院学报》2005 年 10 期。

207. 刘志毅:《梦幻与现实的悲歌——论李煜词作中的悲剧意识》,《社会科学家》2005 年 S2 期。

208. 刘新文:《李后主梦词解析》,《唐山师范学院学报》2005 年 6 期。

209. 何宗龙:《李煜及南宋末期词对白先勇小说创作的影响》,《北京工业职业技术学院学报》2005 年 3 期。

210. 王建平:《李煜词创作的心理过程寻绎》,《河南大学学报(社会科学版)》2005 年 6 期。

211. 赵志英:《谈李煜词的缠绵悱恻情绪》,《徐州教育学院学报》2005 年 3 期。

212. 李祝喜:《李煜后期词的悲剧性及当代价值》,《咸阳师范学院学报》2004 年 1 期。

213. 邓启华:《一江春水无限愁——李煜词的结句赏析兼评其他》,《思茅师范高等专科学校学报》2004 年 1 期。

214. 付兴林:《李煜、李清照后期词比较论》,《宝鸡文理学院学报

（社会科学版）》2004 年 2 期。

215. 刘萱:《一种凄惋 两样情怀——纳兰词与李煜词之比较》,《佳木斯大学社会科学学报》2004 年 2 期。

216. 张少华:《意象与意境——诗书画杂谈之一》,《文艺评论》2004 年 3 期。

217. 吕爱华:《论李煜后期词的创作》,《漯河职业技术学院学报》2004 年 2 期。

218. 严正道、刘光生:《试论李璟词的感伤情调》,《黔东南民族师范高等专科学校学报》2004 年 4 期。

219. 王秀林、刘尊明:《"亡国之音"穿越历史时空:李煜词的接受史探赜》,《江海学刊》2004 年 4 期。

220. 李放、武怀军:《李煜及李清照后期词的构思方式及其创作渊源》,《武汉大学学报（人文科学版）》2004 年 5 期。

221. 纪海燕:《冷月与暗香——比较李煜、李清照词的差异性》,《枣庄学院学报》2004 年 6 期。

222. 胡英伟:《李煜词的特色及其在文学史上的影响》,《鸡西大学学报》2004 年 6 期。

223. 丁惠珍:《以情感人 用情为文——略论李煜词的抒情性》,《吕梁教育学院学报》2004 年 1 期。

224. 梅华:《李煜词的生命情结》,《陇东学院学报（社会科学版）》2004 年 2 期。

225. 蒋晓城:《悲剧生命的心灵之音——李煜、晏几道、秦观词词心比较》,《中国文学研究》2003 年 3 期。

226. 章可敦:《论李清照李煜词风格的同异》,《北京科技大学学报（社会科学版）》2003 年 4 期。

227. 姜艳菊:《李煜的生活阅历对其词创作的影响》,《保山师专学报》2003 年 4 期。

228. 何富鉴:《从纳兰性德与李煜的写梦词看"容若小词 直追后主"》,《承德民族师专学报》2003 年 4 期。

229. 戚毅:《南唐二主的政治悲剧与词人情怀》,《德州学院学报》2003 年 3 期。

230. 李锦煜:《论李煜后期词的艺术特质》,《甘肃高师学报》2003 年 4 期。

231. 曾建:《哀感顽艳 得南唐二主之遗——论纳兰性德词的风格特征》,《喀什师范学院学报》2003 年 2 期。

232. 彭慧:《李煜词艺术浅探》,《零陵学院学报》2003 年 1 期。

233. 高明泉:《婉约词"断肠""销魂"主题论》,《宁夏社会科学》2003 年 5 期。

234. 赵学勇:《谈李煜词的艺术特色》,《陕西师范大学继续教育学报》2003 年 2 期。

235. 刘清华:《试论李煜词的心境化特征》,《天水师范学院学报》2003 年 6 期。

236. 徐颖瑛:《从李煜词的几组常用词看其创作心态》,《渭南师范学院学报》2003 年 1 期。

237. 张晓宁:《试谈李煜前期词中的悲剧意识》,《株洲师范高等专科学校学报》2003 年 4 期。

238. 高俊、高英:《从李煜词前后期风格变化看其成就》,《景德镇高专学报》2003 年 3 期。

239. 张朝阳:《浅论李煜词的特点》,《商丘职业技术学院学报》2003 年 4 期。

240. 林斌:《曹植与李煜后期作品的共同特征及其意义》,《绍兴文理学院学报》2003 年 5 期。

241. 赵兰萍:《无言的哀愁——谈李煜〈相见欢〉词中的孤独体验》,《宿州教育学院学报》2003 年 2 期。

242. 陈福升:《南唐词之感伤与时代之衰亡》,《内蒙古社会科学(汉文版)》2002 年 S1 期。

243. 朱丽华:《明月照水——试论李煜后期词的艺术魅力之因》,《长春大学学报》2002 年 3 期。

244. 周丽霞:《至情至性真词人——李煜词特色管窥》,《长春大学学报》2002 年 3 期。

245. 朱彦敏、刘树恒:《李煜词的景和情》,《沧州师专学报》2002 年 4 期。

246. 成松柳:《词境的拓展与深化——从四首词的分析看晚唐五代词的发展》,《湖南社会科学》2002 年 6 期。

247. 苏玉霞:《词的本色探究及李煜前期词内容评析》,《甘肃教育学院学报(社会科学版)》2002 年 1 期。

248. 严艳:《伤逝:对李煜词时间模式的解读》,《三峡大学学报(人文社会科学版)》2002 年 4 期。

249. 李成君、邢秋生:《词家二李:真新美》,《华北工学院学报(社科版)》2002 年 3 期。

250. 柏秀娟:《〈人间词话〉中一条注释的质疑——兼及李煜、温庭筠、韦庄词语言风格评析》,《江淮论坛》2002 年 4 期。

251. 周溶泉:《王国维〈人间词话〉例评》,《南通师范学院学报(哲学社会科学版)》2002 年 4 期。

252. 周承芳、陈永庆:《简论李煜梦词的艺术特色》,《山东电大学报》2002 年 2 期。

253. 许春在:《为李后主一辩》,《南京晓庄学院学报》2002 年 1 期。

254. 陈祖美:《中晚唐诗词名篇别解四则》,《天中学刊》2002 年

1 期。

255. 盛兴军:《试论文本的意象空间和生命世界——论李煜的词》,《上海大学学报(社会科学版)》2002 年 1 期。

256. 盛莉、徐安琪:《试论南唐词的儒家文化意蕴》,《天中学刊》2002 年 4 期。

257. 李加权:《"悲从中来 不可断绝"——论悼亡绝才李煜》,《文山师范高等专科学校学报》2002 年 2 期。

258. 赵红:《浅议李煜词的艺术风格及表现手法》,《咸阳师范学院学报》2002 年 4 期。

259. 徐乐军:《论温、韦、李词之影响——从王国维〈人间词话〉评语谈起》,《广东农工商职业技术学院学报》2002 年 1 期。

260. 王升云:《试析纳兰性德爱情词的艺术特色及形成原因》,《伊犁教育学院学报》2002 年 4 期。

261. 孙维城:《论李煜词近于太白七绝风调》,《中国韵文学刊》2002 年 1 期。

262. 张燕:《李煜后期词作的情感物化谈》,《益阳师专学报》2002 年 1 期。

263. 岑玲:《自是人生长恨水长东——李煜词情感个性与共性交融的审美特征》,《遵义师范学院学报》2002 年 1 期。

264. 王升云:《纳兰性德爱情词的艺术特色及成因》,《枣庄师范专科学校学报》2002 年 1 期。

265. 李璐:《论李煜前期词与南唐亡国之关系》,《黄石教育学院学报》2002 年 2 期。

266. 周阿根、徐地仁、薄守生:《"朱颜"不等于"美女"——李煜词《虞美人》的一处误注》,《西昌农业高等专科学校学报》2002 年 2 期。

267. 马广原:《略论李煜词的艺术境界》,《哈尔滨学院学报》2001年4期。

268. 陈雪萍:《浅浅近近写深情:二李词艺术生命力探源》,《湖南商学院学报》2001年1期。

269. 宋新荣:《中心痛处 以歌代哭——谈李煜离愁词的艺术表现手法》,《晋中师范高等专科学校学报》2001年1期。

270. 赵治中:《李煜词作艺术魅力探微》,《辽宁大学学报(哲学社会科学版)》2001年5期。

271. 颜莉莉:《薄命君王绝代词——李煜词"情境"之浅论》,《泉州师范学院学报》2001年1期。

272. 袁高远:《"感人心者 莫先乎情"——浅谈李煜、李清照词的言情特色》,《重庆三峡学院学报》2001年S1期。

273. 成松柳:《通向形而上的艺术之舟——对李煜词的一种观照》,《湖南社会科学》2001年6期。

274. 杜鹃:《佛教与李煜词》,《商丘师范学院学报》2001年1期。

275. 明美雄:《谈李煜词"愁"情的描写与抒发》,《十堰职业技术学院学报》2001年3期。

276. 谢皓烨:《论李煜和李清照后期词作中悲剧体验的差异》,《泰安师专学报》2001年1期。

277. 陈利娟:《貌离神合 殊途同归——论周济、王国维对温庭筠、韦庄、李煜词的评价》,《新乡师范高等专科学校学报》2001年4期。

278. 胡建新:《试论李煜的生活经历对其词作内容和风格的影响》,《六盘水师范高等专科学校学报》2001年2期。

279. 王正良:《从古典诗词中比喻的运用看"异质远距"原则》,《新疆职业大学学报》2001年2期。

280. 成松柳、耿蕊:《李煜词梦意象探析》,《湘潭大学社会科学学报》2000 年 2 期。

281. 马洪兵、魏国勤:《试论李煜词的艺术特征》,《西北成人教育学报》2000 年 2 期。

282. 牟鹭玮:《李煜、李清照后期词情感比较之初探》,《钦州师范高等专科学校学报》2000 年 1 期。

283. 陈菲:《月魂——解读李煜词中月之形象》,《萍乡高等专科学校学报》2000 年 1 期。

284. 余恕诚:《南唐词人的创作及其在词史演进中的地位》,《安徽师范大学学报(人文社会科学版)》2000 年 3 期。

285. 吴帆:《论李清照词及〈词论〉对李煜创作的继承与借鉴》,《社会科学战线》2000 年 2 期。

286. 王秀林:《试论李煜诗词中的佛教文化意蕴》,《湖北大学学报(哲学社会科学版)》2000 年 3 期。

287. 韦玲娜:《论李煜词的悲剧情结》,《广西大学学报(哲学社会科学版)》1999 年 3 期。

288. 马彦锋、戚朝霞:《李煜词浅论》,《广州师院学报》1999 年 8 期。

289. 曹治邦:《李煜、李清照词艺术魅力比较》,《甘肃高师学报》1999 年 1 期。

290. 林婷:《论郭启宏史剧中的知识分子形象塑造》,《福建论坛(文史哲)》1999 年 5 期。

291. 张汝山:《李煜词的美学力量——兼论李煜词前后期审美本质的一致性》,《滨州师专学报》1999 年 1 期。

292. 马彦锋、戚朝霞:《李煜词浅论》,《广州师院学报》1999 年 8 期。

293. 赵治中：《再谈李煜及其词作的评价问题——与王基先生商榷》，《汉中师范学院学报》1999年2期。

294. 冯庆凌：《〈人间词话〉中的李煜论》，《佳木斯大学社会科学学报》1999年3期。

295. 陈丽芳：《李煜后期词的成就与影响》，《开封大学学报》1999年3期。

296. 李莉：《试论李煜词的情节性特征》，《广西右江民族师专学报》1999年4期。

297. 吴家振：《不幸的国主 有幸的词人——简论李煜》，《中州大学学报》1999年2期。

298. 于常青：《论李煜词的情感表现》，《西北第二民族学院学报（哲学社会科学版）》1999年S1期。

299. 辛汶：《"小丛书"之〈李璟与李煜〉、〈洪昇〉、〈袁枚〉问世》，《苏州大学学报（哲学社会科学版）》1999年2期。

300. 韦宇、孙玉珍：《乐亦李煜 悲亦李煜》，《山西广播电视大学学报》1999年4期。

301. 董锋：《对文学内容和形式的新思考》，《沈阳师范学院学报（社会科学版）》1999年1期。

302. 刘泽江、王立新：《浅析李煜词的修辞艺术与意境》，《江汉大学学报》1998年2期。

303. 张岚、张洪敬：《试论李煜后期词的艺术特色》，《临沂师范学院学报》1998年4期。

304. 綦维：《阔大境界中的阴柔特色——论李煜对词的贡献及其局限》，《临沂师范学院学报》1998年4期。

305. 李家欣：《李煜研究的历史回顾与思考》，《江汉论坛》1997年12期。

306. 成菡:《悲哀的挽歌——读李煜词有感》,《镇江市高等专科学校学报》1998 年 3 期。

307. 幸涛、晓亮:《李煜词意境探微》,《内蒙古电大学刊》1997 年 3 期。

308. 赵治中:《再谈李煜及其词作的评价问题——与王基先生商榷》,《丽水学院学报》1997 年 4 期。

309. 郑福田:《一江春水向东流——李煜词情感特征说略》,《内蒙古师大学报(哲学社会科学版)》1997 年 6 期。

310. 赵梦昭:《文德君王——李后主新评》,《湖南大学学报(社会科学版)》1997 年 4 期。

311. 廖春保:《李煜词的艺术魅力》,《黄河水利职业技术学院学报》1997 年 2 期。

312. 贺黎:《中国国际图书馆略说》,《江苏图书馆学报》1997 年 6 期。

313. 林通:《试说李煜词的爱国主义内容》,《大连大学学报》1997 年 5 期。

314. 卢国栋:《李煜后期词略论》,《中国海洋大学学报(社会科学版)》1997 年 1 期。

315. 钟必琴:《李煜和他的词》,《文史知识》1997 年 1 期。

316. 王力坚:《李煜词中"春"的表现特征及涵义》,《学术论坛》1997 年 2 期。

317. 胡波:《愁似春江日夜潮——谈李煜词的感伤情调》,《文史杂志》1997 年 5 期。

318. 周健自:《从"伶工之词"到"士大夫之词"——简论李煜与唐宋词发展轨迹之关系》,《黔南民族师范学院学报》1997 年 2 期。

319. 力量:《如斯人物还须妙笔写——〈李煜传〉评介》,《烟台师范学院学报(哲学社会科学版)》1996 年 4 期。

320. 王基:《光华千秋李煜词——兼与赵治中先生讨论李词价值》,《汉中师范学院学报》1996 年 2 期。

321. 何散芬:《浅谈李煜词中的"愁"》,《浙江海洋学院学报(人文科学版)》1996 年 2 期。

322. 关立勋:《论李煜其人》,《国际关系学院学报》1996 年 1 期。

323. 卜务正:《试论李煜词的审美价值》,《福建师范大学学报(哲学社会科学版)》1996 年 4 期。

324. 吴帆:《论李煜、李清照词共同的审美特征》,《北华大学学报(社会科学版)》1995 年 12 期。

325. 乔力:《主体意识的建立:论南唐词的审美特征与范型意义》,《东岳论丛》1995 年 5 期。

326. 申自强:《由李煜词〈破阵子〉引起的美学聚讼》,《开封教育学院学报》1995 年 3 期。

327. 严璐:《论李煜后期词的艺术特点》,《齐齐哈尔大学学报(哲学社会科学版)》1995 年 3 期。

328. 杨杰:《一棵缠绵藤,两朵凄婉花——谈李煜和纳兰容若词作的亲缘关系》,《云南教育学院学报》1995 年 4 期。

329. 龚刚:《从"雕栏玉砌"到"要渺修宜"——评李煜词风的转变》,《文史知识》1995 年 1 期。

330. 王力坚:《李煜〈玉楼春〉词赏析》,《文史知识》1995 年 2 期。

331. 李用存:《略述李后主与书画及文房四宝》,《上海海运学院学报》1994 年 2 期。

332. 曹涌:《论李煜后期词作有无爱国主义思想》,《济南大学学报(社会科学版)》1994 年 4 期。

333. 张素云:《沁人心脾 豁人耳目——浅谈李煜词的特点》,《内蒙古电大学刊》1994 年 6 期。

334. 钟伟东：《论李煜的前期词》，《齐齐哈尔大学学报（哲学社会科学版）》1994 年 3 期。

335. 董武：《异代同杼 异曲同工——李煜、李清照词中之"愁"比较》，《华中师范大学学报（哲学社会科学版）》1994 年 1 期。

336. 梁惠鹏：《一枕甜梦苦味浓——李煜〈望江南〉琐谈》，《延安教育学院学报》1994 年 2 期。

337. 马成斌：《李煜词的悲剧感》，《福建广播电视大学学报》1994 年 1 期。

338. 王首程：《自然真纯 任似不孤——论李煜词主观与客观的同一性》，《广州大学学报（社会科学版）》1994 年 4 期。

339. 王义方：《无常人生恨 风声向泪吹——谈李煜〈虞美人·春花秋月何时了〉》，《沧州师范专科学校学报》1993 年 3 期。

340. 丁锦国：《李煜词艺术浅探》，《南通师范学院学报（哲学社会科学版）》1993 年 2 期。

341. 玉贵福：《也谈李煜词的"爱国思想"》，《广西民族学院学报（哲学社会科学版）》1993 年 3 期。

342. 成松柳：《销魂独我情何限——试论李煜词的宗教感》，《长沙理工大学学报（社会科学版）》1993 年 3 期。

343. 雨田：《愁肠百结 自成绝唱——试谈李煜离愁词的艺术表现手法》，《文史知识》1994 年 8 期。

344. 杨海明：《"赤子之心"加"成人之思"——借用旧说来论李煜词》，《文史知识》1994 年 4 期。

345. 阎增山、钟鼎：《李煜梦词简论》，《社会科学辑刊》1992 年 2 期。

346. 赵治中：《也谈李煜及其词作的评价问题——与王同书同志商

榷》,《陕西理工学院学报(社会科学版)》1993 年 2 期。

347. 施沁:《李煜与南唐文献》,《杭州师范学院学报(社会科学版)》1992 年 5 期。

348. 董玉琨:《血泪文字 生命悲歌——读李煜入宋词》,《开封教育学院学报》1992 年 3 期。

349. 赵治中:《李煜词艺术魅力》,《丽水师范专科学校学报》1992 年 2 期。

350. 赵治中:《要实事求是地评价李煜的词——与王同书同志商榷》,《丽水师范专科学校学报》1992 年 4 期。

351. 辛莉萍:《试论南唐词人李煜及其艺术成就》,《贵州民族学院学报(哲学社会科学版)》1993 年 3 期。

352. 冷绍班、刘笑天:《李煜词抒情形象及美学意义初探》,《滨州学院学报》1992 年 1 期。

353. 谢文华:从《李煜的词看生活与创作的关系》,《杭州师范学院学报(自然科学版)》1992 年 1 期。

354. 黄永健:《李煜词艺术风格成因探》,《甘肃理论学刊》1991 年 6 期。

355. 沈伟富:《生动感人的艺术形象——也谈李煜对词的发展的贡献》,《杭州师范学院学报(自然科学版)》1991 年 3 期。

356. 房日晰:《南唐诗人李煜》,《求索》1990 年 3 期。

357. 王醒:《李煜词分期和主体流向的再认识》,《太原师范学院学报(社会科学版)》1990 年 Z1 期。

358. 陈旭:《李煜的生活道路与他的词章创作》,《衡阳师范学院学报》1990 年 1 期。

359. 王同书:《词苑国色 哀歌绝唱——李煜词新论》,《宁波大学学报(教育科学版)》1991 年 1 期。

360. 刘镇干:《试论李煜词的艺术特色》,《大连海事大学学报》1990
    年 S1 期。

361. 李绍唐:《李煜囚汴述略》,《开封教育学院学报》1989 年 2 期。

362. 陈旭、方琳:《试论李煜的生活与其创作的关系》,《社会科学战
    线》1990 年 3 期。

363. 钱俊:《禁若寒蝉的悲吟——浅析李煜词中的故国之思》,《玉
    溪师范学院学报》1989 年 3 期。

364. 姜澄清:《论孟昶、李煜、赵佶》,《贵州大学学报(社会科学版)》
    1990 年 4 期。

365. 魏利华:《李煜词浅探》,《江汉大学学报(人文科学版)》1989
    年 4 期。

366. 许文亮:《李煜词境的美学风貌》,《赣南师范学院学报》1988
    年 2 期。

367. 潘清彪:《论李煜词的美学追求》,《零陵学院学报》1988 年
    2 期。

368. 姜海峰:《关于李煜及其词评价中的问题》,《河南大学学报(社
    会科学版)》1988 年 5 期。

369. 艾荫范、王弘达:《读李煜词札记三则》,《河南师范大学学报
    (哲学社会科学版)》1988 年 1 期。

370. 赵丽艳:《生涯末路共徘徊 无可奈何任落花——李煜与李清
    照后期词意境评析》,《齐齐哈尔大学学报(哲学社会科学版)》
    1988 年 3 期。

371. 王中兴:《论李煜词的情感价值与作用》,《兰州商学院学报》
    1988 年 2 期。

372. 周啸天:《唐五代词的发展过程》,《四川师范大学学报(社会科
    学版)》1987 年 5 期。

373. 程小铭:《李煜〈浪淘沙〉与赵佶〈燕山亭〉》,《贵阳师范高等专科学校学报(社会科学版)》1987 年 1 期。

374. 杨宝林:《试论李煜变"伶工词"为"士大夫词"》,《辽宁大学学报(哲学社会科学版)》1987 年 3 期。

375. 孙秋克:《李煜词意境论析》,《昆明师范高等专科学校学报》1988 年 3 期。

376. 许文亮:《试论李煜词的艺术敏感》,《商丘师范学院学报》1988 年 2 期。

377. 张桂贤:《试谈李煜词的意境》,《锦州师院学报》1987 年 4 期。

378. 王放:《试论李煜词的思想性和艺术性》,《铁岭教育学院院刊》1987 年 3 期。

379. 韩玉生:《袒露心灵色彩的诗篇——评李煜词的思想价值》,《开封教育学院学报》1986 年 2 期。

380. 孙文耀:《自是人生长恨水长东——试论李煜词的悲剧色彩》,《开封教育学院学报》1986 年 2 期。

381. 赵丽艳:《李煜词艺术魅力审美初探》,《齐齐哈尔大学学报(哲学社会科学版)》1986 年 3 期。

382. 式蓉:《李煜词欣赏中的共鸣问题》,《安庆师范学院学报(社会科学版)》1986 年 3 期。

383. 宋培效:《纳兰词与李煜词之比较》,《承德民族师专学报》1986 年 4 期。

384. 姜世俊:《论李煜词的艺术美》,《哈尔滨商业大学学报(社会科学版)》1986 年 4 期。

385. 许文亮:《浅谈李煜词中比的运用》,《扬州大学学报(人文社会科学版)》1986 年 3 期。

386. 吴必銮:《浅析李煜〈虞美人〉词的思想价值》,《固原师专学报》

1986 年 4 期。

387. 孔宪富:《李煜及南唐其他词人的词》,《渤海大学学报(哲学社会科学版)》1986 年 2 期。

388. 肖延恕:《李煜〈菩萨蛮〉三首非为小周后而作》,《中国文学研究》1985 年 1 期。

389. 顾剑:《试论李煜词的白描艺术》,《承德民族师专学报》1985 年 1 期。

390. 资立安:《浅谈李煜词艺术风格的成因》,《曲靖师范学院学报》1985 年 2 期。

391. 黄进德:《李煜词论略》,《江苏大学学报(高教研究版)》1985 年 4 期。

392. 徐萄:《说李煜与两周后及其词》,《甘肃社会科学》1985 年 5 期。

393. 王明孝:《说李煜〈虞美人〉和〈浪淘沙〉》,《扬州大学学报(人文社会科学版)》1985 年 1 期。

394. 吴颖《重新论定李煜词在中国文学史上的地位》,《汕头大学学报》1985 年 2 期。

395. 李希跃:《李煜词的抒情艺术》,《广西大学学报(哲学社会科学版)》1984 年 1 期。

396. 谷正:《李煜词〈相见欢〉赏析》,《南京师大学报(社会科学版)》1984 年 1 期。

397. 李长波:《失败的皇帝,成功的词人——谈李煜词的美学价值》,《社会科学》(上海),1984 年 5 期。

398. 于德馨:《李煜词的分期问题及其抒情特色》,《文史哲》1984 年 6 期。

399. 李汉超:《李煜〈一斛珠〉词中的"沈檀"》,《社会科学辑刊》1984

年 2 期。

400. 钟卫东:《李煜〈渔父〉词浅说》,《绥化学院学报》1985 年 1 期。

401. 区潜云:《李后主与牵机药》,《学术研究》1983 年 6 期。

402. 王河:《谈李煜及其词》,《江西社会科学》1982 年 5 期。

403. 李希跃:《论李煜对词发展的贡献》,《广西大学学报(哲学社会
    科学版)》1982 年 1 期。

404. 余荣盛:《谈李煜的二首词》,《惠州学院学报》1981 年 1 期。

405. 夏承焘、无闻:《风花挥手大江来——纪念李煜谢世一千周
    年》,《社会科学战线》1978 年 4 期。

406. 冀云:《纳兰词与后主词》,《文艺季刊》1975 年 12 期。

407. 卢兴基:《五十年代讨论李煜词的评价问题》,《建国以来古代
    文学问题讨论举要》,齐鲁书社,1987 年。

408. 王小荣、牛景丽:《晚唐五代婉约词的性别与文化阐释——以
    温庭筠、韦庄、冯延巳和李煜为代表》,《河北省首届社会科学
    学术年会论文专辑》,2007 年。

409. 龚贤:《同是楼头悲风雨,雪冬霜秋寒不同——李煜词与王国
    维词悲情特色异同论》,《2006 词学国际学术研讨会论文集
    (一)》,2006 年。

410. 熊开发:《"十字架"上的李煜》,《2006 词学国际学术研讨会论
    文集(一)》,2006 年。

后　记

　　《李煜全集》在这个寒冬渐至的日子终于定稿了。衷心感谢崇文书局的王重阳先生,给了我这个美好的机会。非常感谢编辑郜淑波老师为这本书的面世而付出的辛勤劳动,也让我学习到很多知识。

　　2011年上半年,因为爱人去西安外国语大学接受国家公派留学人员的外语培训,我一个人在家带着不满4岁的爱捣蛋的儿子。期间得到我的很多90后学生的帮忙,中文09级谢冰青、张敬霞、赵会翠、张帆、戴珂、汪亚萍,中文10级的曹黄燕、顾亚娟、王松、赵昕烨、李铮、鲁宏烨等同学,替我分担了很多劳累,非常感谢她们。

　　并将这本《李煜全集》送给我的90后风华正茂、积极进取、热爱传统文化典籍的学生们。同时也将这本书送给我00后的子侄们——曹聿嘉、张蕾、王予同、张誉祺,愿孩子们长大后喜欢高雅的古典文学。

　　最后,感谢我的爱人曹建国不停地催促和指点。

张玖青

图书在版编目（ＣＩＰ）数据

李煜全集 / 张玖青编著 . -- 2 版 . -- 武汉 ：崇文
书局，2015.8（2025.7 重印）
（中国古典诗词校注评丛书）
ISBN 978-7-5403-3161-0

Ⅰ . ①李… Ⅱ . ①张… Ⅲ . ①词（文学）－作品集－
中国－南唐 Ⅳ . ① I222.843.2

中国版本图书馆 CIP 数据核字 (2015) 第 094112 号

选题策划　王重阳
项目统筹　程可嘉
责任编辑　李慧娟
责任印刷　李佳超

李煜全集
LIYU QUANJI

出版发行　　长江出版传媒｜崇文书局
地　　址　武汉市雄楚大街 268 号 C 座 11 层
电　　话　（027）87677133　　邮政编码　430070
印　　刷　湖北新华印务有限公司
开　　本　880mm×1230mm　1/32
印　　张　7.25
字　　数　220 千字
版　　次　2015 年 8 月第 2 版
印　　次　2025 年 7 月第 19 次印刷
定　　价　36.00 元

CHONGWENGUAN

中国古典诗词校注评丛书

（已出书目）

诗经全集	韩偓诗全集
汉乐府全集	李煜全集
曹操全集	花间集笺注
曹丕全集	林逋诗全集
曹植全集	张先诗词全集
陆机诗全集	欧阳修词全集
谢朓全集	苏轼词全集
庾信诗全集	秦观词全集
陈子昂诗全集	周邦彦词全集
孟浩然诗全集	李清照全集
王维诗全集	陈与义诗词全集
高适诗全集	张元幹词全集
杜甫诗全集	朱淑真词全集
韦应物诗全集	辛弃疾诗词全集
刘禹锡诗全集	姜夔词全集
元稹诗全集	吴文英词全集
李贺全集	草堂诗馀
温庭筠词全集	王阳明诗全集
李商隐诗全集	纳兰词全集
韦庄诗词全集	龚自珍诗全集
晏几道词全集	